LA PEINTURE

POËME EN TROIS CHANTS

Par M. Le Mierre

de l'Académie Françoise.

A PARIS.

Chez Merigot le jeune Libraire Quai des Augustins au coin de la rue Pavée.

AVERTISSEMENT.

J'AVOIS deſſein de traduire en vers le Poëme de l'Abbé de Marſy ſur la Peinture: les beautés dont il eſt rempli, font regretter qu'elles ne ſoient pas connues de tous les Lecteurs; mais les meilleures traductions ne ſont gueres que les réverbérations des ouvrages originaux. D'ailleurs ayant réfléchi ſur les circonſtances où l'Auteur avoit écrit ſon Poëme, j'ai cru m'appercevoir qu'elles l'avoient empêché de lui donner une juſte étendue, & que le ſujet débordoit pour ainſi dire l'ouvrage. Je me ſuis donc déterminé à commencer le mien, ſans renoncer pourtant à profiter de tout ce qui m'avoit frappé dans le Poëte Latin.

J'ai vu les avantages & les difficultés que je pouvois rencontrer dans mon travail, mais ſans les pefer, je me fuis laiffé entraîner à ce qu'il avoit d'attrayant; j'oferai même dire que je crois avoir fenti mon fujet, cette conviction me l'a rendu plus facile & je l'ai foutenu.

En effet, il ouvre à l'effor poëtique le champ le plus vafte, il met la nature entiere fous la main du Poëte comme fous celle du Peintre, & tout ce que l'un préfente aux yeux, l'autre doit l'offrir à l'imagination.

L'art Poëtique étoit peut-être un fujet moins heureux: en traitant de lui-même, il eft pour ainfi dire trop près de lui; femblable à l'œil qui voit les objets & ne fe voit pas lui-même, l'efprit humain fe fatigue à fe confidérer, il a befoin d'éloigner les objets fur lefquels il s'exerce, & pour qu'il puiffe agir librement fur eux, il faut qu'ils foient à une certaine diftance. Auffi Defpréaux qui a mis dans fes vers toute la correction que Léonard de Vinci mettoit dans fes tableaux, me paroit-il avoir eu à furmonter plus d'obſtacles dans le choix de ſon ſujet, & on admirera toujours qu'il ait ſu couvrir de tant de beautés & d'images l'aridité des détails.

La Peinture offroit plus d'avantages au Poëte; s'il doit faire briller les images, quelque matiere qu'il traite, & lorſque le ſujet s'y refuſe le plus, pourroit-il les abandonner quand elles s'offrent d'elles-mêmes; pourroit-il ne pas appliquer la Poëſie à la Peinture, & ne pas montrer à chaque pas l'analogie des deux Arts?

La Peinture repréſente à tout moment l'Art Poëtique ſans le répéter, le Poëte obligé de retracer les images qu'elle amene naturellement, crée ce qu'il imite, s'approprie ce qu'il emprunte, fait valoir ſon Art & en montre un autre.

Je n'ai point marqué de diviſion: on verra aiſément que je parle du Deſſin dans le premier Chant, & quelquefois de l'ordonnance qu'on peut appeller le Deſſin moral. Le ſecond Chant traite du coloris, & je parle dans le dernier, du choix des ſujets, de l'expreſſion, de l'invention, du pouvoir de la Peinture; mais comme dans les différentes parties de l'Art, il en eſt qui rentrent néceſſairement les unes dans les autres, je n'ai fait qu'indiquer la diviſion de l'ouvrage, pour éviter le reproche qu'on m'eût pû faire d'avoir confondu les matieres ſous une dénomination excluſive à la tête de chaque Chant.

Ceux qui ont traité ce ſujet avant moi ont eu des avantages qui m'ont manqué. Dufreſnoy qui nous a laiſſé un Poëme Latin ſur la Peinture, étoit lui-même un Peintre habile; il n'écrivit qu'après avoir fait des tableaux, & ſes vers furent le réſultat de ſes connoiſſances pratiques.

L'Abbé de Marſy, deſcendant du fameux Sculpteur qui a fait à Verſailles les bains de

Latone, avoit du puiſer dans les lumieres de ſa famille, les notions qu'il a répandues dans ſon Ouvrage.

M. Watelet diſtingué par ſes talens en divers genres & par ſon goût pour les Arts, avoit pris le crayon & manié le burin avant de donner ſon Poëme de l'Art de Peindre; il a été le premier qui ait entrepris de chanter dans notre Langue un Art dont les deux autres Ecrivains avoient enveloppé les préceptes dans une Langue étrangere & preſque abandonnée.

D'après ces exemples je pouvois être intimidé, je pouvois penſer qu'on ne devoit gueres hazarder un Ouvrage ſur la Peinture, ſans l'exercice ou une grande théorie de l'Art. Mais dans les Arts d'imitation & dont on juge par le ſentiment autant que par l'étude, celui qui ignore les regles peut prononcer comme celui qui les poſſede. Hé! le Public a-t-il donc les connoiſſances des Artiſtes? N'eſt-ce pas cependant de ſon ſuffrage qu'ils ſont jaloux ? Ne le preferent-ils pas à celui de leurs rivaux même ? Dans les Sciences exactes il y a une *ſérie* qu'il faut ſuivre : celui qui n'eſt encore qu'aux premieres propoſitions de la Géométrie, telles que le carré de l'hypothenuſe, eſt bien loin d'entendre les courbes tranſcendantes ; mais l'on peut dire que les points fondamentaux des Arts ſont innés, ce ne ſont que les détails qu'on apprend. Ainſi quoique je n'aye jamais touché ni pinceau, ni crayon, ſecouru ſeulement de quelques lectures & de quelques converſations avec les Artiſtes, ſecondé ſur-tout par mes propres ſenſations à la vue des chefs-d'œuvres de l'Art, j'ai oſé entreprendre mon ouvrage.

Mais quand la Science m'a abandonné, j'ai appellé mon Art à mon ſecours, j'ai tâché de ſubſtituer les beautés Poëtiques, j'ai imité ces Peintres peu verſés dans l'Anatomie, qui ne ſachant comment montrer le méchaniſme des muſcles & la ſoupleſſe des contours ſur les membres des figures, pour déguiſer le défaut de ces emmanchemens, les couvrent d'une riche draperie.

J'ai écrit pour le Public autant que pour les Peintres ; un Poëme doit être à l'uſage de tous les Lecteurs, & il en eſt de ce genre d'ouvrages, comme de ces figures pittoreſques plus habilement combinées ſuivant les loix de l'optique, & qui ſe préſentent toujours en face de quelque côté que le Spectateur ſoit placé. Dans un ſujet où le goût & le ſentiment décident, ce n'eſt point aux Artiſtes ſeulement qu'on doit parler. Les lumieres ſur la partie technique ne ſont point néceſſaires pour être frappé des beautés ; des yeux & une ame ſenſible, voilà ce qu'il faut pour juger d'un tableau.

J'ai voulu ſurtout exciter l'enthouſiaſme de l'Art, & dans cette idée, ce qui me manquoit de connoiſſances m'a peut-être ſervi. Aſſigner trop de regles, c'eſt embarraſſer la marche du génie, c'eſt enclore de murs un champ qui doit être à plus d'une expoſition pour fructifier. Si Daubignac eût été Peintre, il eût ſûrement composé un mauvais tableau ſelon toutes les regles de Léonard de Vinci; ſi Rubens eût fait des Tragédies, il eût eu avec le génie les inégalités de Corneille. L'enthouſiaſme eſt ſi rare en tout genre, tant d'Ouvriers & ſi peu d'Artiſtes! On ordonne avec ſageſſe, on connoît l'harmonie, l'élégance; mais où voit-on de l'énergie, de l'élan? Le goût ſi déſirable à tant d'égards, ſert ſouvent à éteindre l'invention. De-là ces compoſitions exactes, mais froides & monotones; quelques fautes & du génie, c'eſt à quoi je reconnois le grand Artiſte.

J'ai vu au-delà même de la Peinture, j'ai voulu enflammer les eſprits non-ſeulement dans cet Art, mais dans les autres Arts d'imitation; ils ont tous leurs principes dans le ſentiment, ils ne forment par-là qu'un ſeul Art, ils étoient tous de mon ſujet.

Mon Ouvrage ne fera ni des Deſſinateurs, ni des Coloriſtes; mais s'il peut échauffer des Peintres, ſi j'ai jetté dans mes vers quelques étincelles du feu que je veux allumer, mon objet eſt rempli, & le prix de mon travail ſera dans le ſuccès des talens que j'aurai encouragés.

Je n'ai loué aucun des Peintres vivans. Le Lecteur les ajoutera lui-même aux hommes célebres que j'ai nommés: les différens genres où ils ont excellé rappelleront aiſément les noms de ceux qui s'y diſtinguent aujourd'hui. Cet hommage implicite rendu à nos Artiſtes vivans, m'acquitte aſſez envers eux; un éloge direct n'eut fait qu'animer l'envie ſans les honorer davantage, d'ailleurs la réputation des grands hommes eſt dans leurs travaux & non dans leurs éloges; autrement tant de vils mercenaires qui ont trafiqué de la louange & du blâme, auroient été les juges du mérite & les arbitres de la gloire.

ERRATA.

PAGE 14, vers 18, qu'il attire, *lisez* qu'il admire.
Page 17, vers 5, qu'il montre, *lisez* qu'il m'offre.
Page 25, vers 2, il rechercha, *lisez* il employa.
Page 66, vers 4, presser, *lisez* dresser.

APPROBATION.

J'AI lu par ordre de Monseigneur le Chancelier, un Poëme intitulé, LA PEINTURE; & je crois qu'on peut en permettre l'impression. A Paris ce 9 Juillet 1769. MARIN.

C. N. Cochin filius del. reg. B. L. Prevost Sculp.

Dessine en ton cerveau, c'est la premiere toile.

LA
PEINTURE,
POËME.

CHANT PREMIER.

JE chante l'Art heureux dont le puiſſant génie
Redonne à l'Univers une nouvelle vie,
Qui par l'accord ſavant des couleurs & des traits
Imite & fait ſaillir les formes des objets,
Et prêtant à l'image une vive impoſture,
Laiſſe héſiter nos yeux entre elle & la nature.

Toi qui près d'une lampe & dans un jour obſcur,
Vis les traits d'un amant vaciller ſur le mur,

A

Palpitas & courus à cette image ſombre,
Et de tes doigts légers traçant les bords de l'ombre,
Fixas avec tranſport ſous ton œil captivé
L'objet que dans ton cœur l'Amour avoit gravé,
C'eſt toi dont l'inventive & fidelle tendreſſe
Fit éclore autrefois le Deſſin dans la Grece.
Du ſein de ces déſerts, lieux jadis renommés,
Où parmi les débris des palais conſumés,
Sur les tronçons épars des colonnes rompues,
Les traces de ton nom ſont encore apperçues,
Leve-toi, Dibutade, anime mes accens,
Embellis les leçons éparſes dans mes chants;
Mets dans mes vers ce feu qui ſous ta main divine
Fut d'un Art enchanteur la premiere origine.

Heureux pere! tu vis ce prodige nouveau;
Le crayon de ta fille alors fut un flambeau;
Artiſte en un moment, à ſa clarté propice,
Tu découpes la pierre autour de cette eſquiſſe,
Et déja du ciſeau l'induſtrieux ſecours

Donne un corps à l'image en bombant les contours.

. . . .

D'abord à la Peinture on ne pouvoit atteindre,
Tout parut plus facile à modeler qu'à peindre;
On arrondit la pierre, on façonna le bois,
Pour figurer un corps, d'un autre l'on fit choix.
Eh! regardez l'enfant, voyez comme il imite,
Rarement à tracer la nature l'invite:
Connut-il le crayon, ses effets sont trop lents,
Trop de fois il rompra sous ses doigts pétulans.
Mais il taille le liege, il fait pétrir la cire,
Il découpe le bois, il forme, il veut construire;
Ainsi par le ciseau l'Artiste commença,
Un Art guida vers l'autre & bientôt l'on traça,
La Peinture naquit. Toi qui séduit par elle,
Veux tenir de sa main une palme immortelle,
Ne suis point au hazard ce dangéreux attrait,
Que ce soit un instinct, & non pas un projet:
Si de l'astre fécond qui luit sur le Poëte
Les rayons divergens semblent fuir ta palette,

S'ils n'ont d'un trait de flamme échauffé ton berceau,
Tes travaux feroient vains: laiffe-là le pinceau.
Mais toi chéri du ciel, dont l'enfance infpirée
De la gloire a fenti la foif prématurée,
Toi qui né pour les Arts décélas cette ardeur,
Comme Hercule fa force, Achille fa valeur;
Regarde les talens, vois comme le Génie
Prête à des fucs groffiers la chaleur & la vie;
Il veut & tout s'anime, il touche & dans l'inftant
L'eau coule, un mont s'éleve, une plaine s'étend,
Le jour luit, le ciel roule, enfin l'homme refpire.

Fier de ta deftinée & plein d'un beau délire,
Ecoute, jeune Eleve, il eft plus d'un pinceau;
Vois quel eft ton génie & marche à ce flambeau;
Les dons font partagés: la nature bizarre,
Jufques dans fes faveurs paroît encore avare,
Et lorfqu'elle fourit de fes yeux complaifans,
Ne panche qu'à demi l'urne de fes préfens.

L'un né pour moiffonner dans le champ de l'Hiftoire;

Nous peindra les Héros courans à la victoire ;
Le front des combattans, leur choc impétueux,
Les coursiers écumans, la poussiere, les feux,
Le vol du plomb rapide & plus prompt que la fleche,
Les ramparts foudroyés, le vainqueur sur la breche.

Un autre est attiré par de plus doux sujets,
Il aime à nous tracer de paisibles objets ;
Il peint les bois, les prés, les ruisseaux, les campagnes,
Et les troupeaux errans au penchant des montagnes ;
Sylvandre ingénument par Annette agacé,
Et la jeune Laitiere en jupon retroussé,
Rapportant son pot vuide, un bras passé dans l'anse,
Et de la ville aux champs retournant en cadence.

Un fidele crayon m'attachant de plus près,
Sous mes yeux étonnés a reproduit mes traits ;
Il semble, partageant la divine puissance,
Multiplier mon être avec ma ressemblance ;
La toile est un miroir où l'objet présenté

Même loin du modele eſt encor répeté.
Doux charme des amis, malgré le ſort barbare,
Le pinceau fait tomber le mur qui les ſépare ;
De la mort elle-même il affoiblit les coups;
Et lorſqu'elle a rompu nos liens les plus doux,
L'objet qui dans la tombe emporta notre hommage,
Reſte encor près de nous & vit dans ſon image.

Sous le comble d'un Temple, aux voûtes d'un Palais,
Celui-ci ſuſpendu les parcourt à grands traits;
Peint l'himen de Thétis, les champs de l'Eliſée,
Les brigands abattus ſous le bras de Théſée.
Hercule à qui la Grece a dreſſé tant d'autels,
Monte de ſon bucher au rang des Immortels ;
Le dôme a diſparu, c'eſt la céleſte voûte.
Le Peintre en ſon eſſor franchit la même route,
Perce avec le Héros les eſpaces des cieux,
Et dans tout leur éclat il contemple les Dieux.

L'autre dans ces jardins peint d'agréables rives,
Donne aux objets trompeurs des formes fugitives,

Sur l'immense horison que je touche des mains,
Mon regard se fatigue en ces vastes lointains;
Je parcours des palais la superbe étendue:
Cette surface est plane & recule à ma vue:
Tandis qu'à points légers, par des traits délicats,
Le pinceau d'une main, de l'autre le compas,
Celui-là forme un mont avec un grain de sable;
Ce nain est un atlas, & ce fil est un cable;
Le monde entier se meut dans le tour d'un anneau.

Là le Peintre joyeux, égayant son tableau,
De ses crayons badins, dans ses peintures vives,
Fait mouvoir plaisamment ses figures naïves.
Dans ce rustique enclos que de peuple dansant!
On va, l'on vient, l'on court, on se heurte en passant:
On joue, on chante, on rit, on boit sous la verdure,
Nise danse avec Blaise, Alain prend sa future,
Et le Menétrier debout sur un tonneau,
Sous son archet aigu fait detonner Rameau.

As-tu connu ton genre? As-tu percé ce voile?

Deſſine en ton cerveau, c'eſt la premiere toile.
Solitaire & rêveur au ſein de tes réduits,
Au ſilence des bois, dans le calme des nuits;
Quelquefois en des tems, en des lieux moins tranquilles,
Et ſachant être ſeul dans le fracas des villes,
Diſpoſe le ſujet ſecrettement formé,
Comme un autre Minerve il doit ſortir armé.

Le ſujet médité, prends le crayon, eſquiſſe,
Par eſpaces réglés que la toile blanchiſſe.
Tu vois que les objets élevés ſous la main
S'applatiſſent à l'œil par le moindre lointain;
Imite de ces corps les formes raccourcies,
Vois combien la diſtance altere ces parties:
Que le champ du tableau ſoit clair & bien choiſi;
Dès le premier coup d'œil que le plan ſoit ſaiſi.
Ne nous préſente point dans tes folles peintures
Ce déſordre jetté par l'amas des figures,
Ces corps s'entrechoquans, ces groupes mal conçus,
Montrant une mêlée au milieu des tiſſus;

Mais que dans le tableau la figure premiere
Frappe d'abord les yeux par ſa vive lumiere;
Sur leurs baſes entr'eux que les corps balancés
Se répondent des points où tu les as placés;
En reculant l'objet, fais décroître l'image,
Marque bien le concours de chaque perſonnage;
Que le reſte au haſard ſeulement apperçu,
Soit comme abandonné dans un coin du tiſſu.

Au temple d'Eſculape une école eſt placée;
Au milieu de l'enceinte une table dreſſée
Etale un corps ſans vie & ſouſtrait au tombeau;
Ferrein obſerve auprès, la Mort tient le flambeau.
Le ſcalpel à la main, l'œil ſur chaque vertebre,
L'Obſervateur pénetre avec la clé funebre
Les recoins de ce corps, triſte reſte de nous,
Objet défiguré dont l'être s'eſt diſſous,
Pur chef-d'œuvre des cieux, quand l'ame l'illumine,
Vil néant, quand ce feu rejoint ſon origine.
Tu frémis, jeune Artiſte, ah! ſurmonte l'horreur

Que porte dans tes ſens cet objet de terreur,
Et ſi ce n'eſt point là que l'homme entier s'enferme,
Si ton eſpoir s'étend au-delà de ce terme,
Viens, reconnois encor juſques dans ces débris,
Tout ce qu'au ſort humain tu dois mettre de prix;
Ces tubes, ces leviers organes de la vie,
Ce corps où la nature épuiſa ſon génie,
Par elle fut conſtruit dans un ordre ſi beau,
Que même quand la mort l'a marqué de ſon ſceau,
Tant qu'il n'eſt pas détruit dans ſon dernier atome,
Il ſert aux arts de baſe & de modele à l'homme.
Il éclaire ton art; porte un œil aguerri
Sur ces canaux glacés où le ſang s'eſt tari,
Démonte ces reſſorts de l'humaine ſtructure,
Examine des os la mobile jointure,
Les nerfs & leur dédale, & d'un regard ſavant
Alors dans l'homme éteint cherche l'homme vivant.
Ce n'eſt qu'en pénétrant dans le ſein de l'ouvrage,
Que tu peux des dehors nous préſenter l'image,
Marquer les paſſions & peindre avec chaleur

Le courroux enflammé, la force & la douleur.
Diſtingue dans le jeu des muſcles & des fibres,
Les mouvemens contraints d'avec ceux qui ſont libres:
Nous repréſentes-tu deux Athletes nerveux,
Aux priſes dans l'arene & partageant les vœux?
Que leur œil teint de ſang ſous leur vive prunelle,
Rouge & demi caché de fureur étincelle;
Fais ſortir ſur le corps de ces cruels rivaux
Tous leurs nerfs déployés comme autant de rameaux.

Milon entr'ouvre un chêne auſſi vieux que la terre,
Mais l'arbre tout-à-coup ſe rejoint & l'enſerre;
Un lion qui ſe dreſſe & s'attache à ſon flanc,
De l'athlete entravé boit à loiſir le ſang.
Sur le marbre animé le Puget défigure
Tout le corps du lutteur ſous les maux qu'il endure,
Ses cheveux ſont dreſſés, ſes membres ſont roidis!
Vous reculez d'effroi, vous entendez ſes cris.

J'aime dans la figure, à trouver les parties
Sous leur juſte meſure à l'enſemble aſſorties;

Par Lyſippe imité, la maſſue à la main,
Alcide triomphant, de loin paroît un nain :
Approche, tu verras dans le bras du Pygmée
Le bras qui terraſſa le monſtre de Némée.

La figure toujours exige ces rapports ;
Artiſte, étends les bras, c'eſt la hauteur du corps ;
Que l'exacte longueur de la tête imitée,
Par le reſte du corps huit fois ſoit répétée ;
Ne change de compas que lorſque ton pinceau
Nous préſentera l'homme encor près du berceau.
Nul concert dans l'enfant du corps avec la tête,
Et l'édifice alors commence par le faîte ;
La tête a plus d'ampleur, devant porter au loin
Ces eſprits répandus dont tout l'homme a beſoin ;
Mais quand l'être eſt formé, lorſque tout progrès ceſſe,
De la tête & du corps que le concert paroiſſe ;
Offre le mouvement & le contour aiſés
Des membres, ſans combat, l'un à l'autre oppoſés.
Veux-tu les revêtir ? peu de plis mais faciles,

Qu'on diſtingue le nu ſous ces formes dociles ;
Que de ces pans légers l'adreſſe du pinceau
Faſſe des vêtemens & non pas un fardeau,
Et qu'à l'œil abuſé leur ſoupleſſe élégante,
Soit la flamme qui vole, ou l'onde qui ſerpente.

Sculpture, c'eſt encor à ton ciſeau divin
Que la Peinture a dû les progrès du deſſin ;
Autrefois la ſtatue immobile, roidie,
De la main du Sculpteur ſortoit toujours ſans vie ;
L'œil fermé, les pieds joints, les bras collés aux flancs.
Tels le Nil vit ſes Dieux preſque dans tous les tems ;
L'induſtrieux Dédale, honneur de la Sculpture,
Des liens du maillot dégagea la figure,
Fit jouer ſes reſſorts, lui rendit l'action,
Et fut pour l'animer le vrai Pygmalion.
Mais malgré cet eſſor la figure vulgaire,
Sans accord & ſans grace, étoit ſans caractere ;
Le beau, dans tout ſon jour, n'étoit point préſenté,
Il fallut ajouter à l'objet imité ;

On vit que le vrai beau diſperſe ſes parties,
Jamais ſur un ſeul être à la fois réunies,
L'Artiſte jetta l'œil éclairé par le goût,
Sur ces traits diviſés, pour en former un tout;
Et ſa main dans ce choix heureuſement guidée
Montra l'homme parfait qui n'étoit qu'en idée.

Spectacle raviſſant dans la Grece étalé!
Sous ce vaſte portique Apelle a raſſemblé
Cet eſſain de beautés, doux & brillans modeles,
L'Amour vole incertain où repoſer ſes ailes:
Mon œil croit voir en cercle, Helene, Flore, Hebé,
Thétis, Pſyché, Diane & Vénus & Thisbé.
Déeſſes, pardonnés, je vous mêle aux mortelles,
C'eſt être égale à vous que d'être au rang des belles;
Sur les divers appas de ces jeunes objets
Le Peintre laiſſe errer ſes regards ſatisfaits;
Il préfere ce bras, c'eſt ce pied qui l'attire,
Cet œil l'a plus ſéduit, il choiſit ce ſourire;
De lys plus éclatans ce cou paroît ſemé,

Ce front eſt plus uni, ce buſte eſt mieux formé;
Plus beau dans ſes contours, ce ſein qu'il idolâtre,
S'éleve & ſe ſépare en deux globes d'albâtre;
En raſſemblant ces traits Apelle tranſporté
N'a peint aucune belle, il a peint la beauté.

Cependant loin d'atteindre à la parfaite image
Des graces dont Apelle inventa l'aſſemblage,
Peu même ont ſu choiſir des crayons aſſez vrais
Pour tracer la nature en de moindres portraits.
Tel dont la touche eſt ſûre, & n'a rien de vulgaire,
N'a jamais détaché de ſtature légere,
Rien d'élégant; toujours ſur la tête & les bras
Son pinceau trop peſant épaiſſit les appas;
Vénus même de Mars empruntant la ſtature,
Marcheroit aux combats ſans plier ſous l'armure.
Rubens de qui la main colore avec éclat,
Porte ſur le deſſin les traits de ſon climat;
Angloiſe, Italienne, Eſpagnole, Allemande,
Par-tout à ſes regards la nature eſt Flamande.

Que de jeunes proſcrits! quel orage ſoudain
Vient ravager ces fleurs aux rives du Jourdain!
Vos fils ſur votre ſein, trop malheureuſes meres
Vous courez, vous fuyez loin des mains ſanguinaires,
Mais l'affreux ſatellite eſt par-tout ſur vos pas,
Il pourſuit vos enfans, il les perce en vos bras,
Le lait, le ſang jaillit & vos larmes ruiſſelent,
Des Juives, des bourreaux les fureurs étincellent;
L'une par les cheveux a ſaiſi le ſoldat,
Sous la lance homicide une autre ſe débat,
La nature triomphe en ſon déſaſtre même:
Rubens dans ce tableau déploye un art ſuprême;
Mais ſon pinceau brûlant dans ces momens cruels,
Fait ſortir trop de nerfs ſur les bras maternels,
Et montrant au milieu de ces luttes fatales,
Des deux ſexes aux mains les forces preſqu'égales,
Il ravit à notre œil moins ému qu'effrayé,
Tout ce que la foibleſſe inſpire de pitié.
Le Brun ſait adoucir la ſtature des meres,
Dans leurs traits de leur ſexe il met les caracteres,

Et

Et marquant leurs efforts, mais débiles & vains,
Peint la même défenſe en de plus foibles mains.

Quel mouvement heureux conforme à la nature
Le Pouſſin par le trait jette ſur la figure,
Soit qu'il montre l'Hébreu nourri dans les déſerts
D'un aliment nouveau tombé du haut des airs :
Ou ſous un ciel chargé de vapeurs homicides
Le Philiſtin l'œil cave & les levres arides ;
Les morts & les mourans ſur la terre étendus,
Et leurs triſtes amis autour d'eux éperdus !

Quoi que vous nous traciez, jeunes rivaux d'Apelle,
Obſervez la nature & n'interrogez qu'elle,
Marchez dans ce ſentier toujours trop peu battu :
Zenon ſur une ligne avoit mis la vertu,
En deça, hors de-là, tout lui paroiſſoit vice,
La nature eſt de même : ô Peintre encor novice !
Apprends à la ſaiſir ſans jamais la forcer,
C'eſt reſter au-deſſous que de la ſurpaſſer.

Des peuples différens consulte les usages,
Et le costume empreint jusques sur les visages;
Prends soin de feuilleter les registres des tems,
Fouille au sein dévasté des plus vieux monumens,
Consulte ces métaux d'une forme arrondie,
Multipliant les traits qu'un autre art leur confie,
Descends enfin, descends jusqu'en ces souterrains,
Des richesses des Arts les dépôts clandestins,
Aux voûtes d'Héraclée, aux débris de Palmire,
Par-tout où l'on s'instruit, par-tout où l'on admire.

O tems! ô coups du sort! la Peinture autrefois,
La Sculpture avec elle habitoit près des Rois:
Des Romains toutes deux furent long-tems l'idole;
L'une de tous les Dieux peuplant le Capitole,
Fit ployer le genou des crédules humains
Devant le Jupiter qu'avoient taillé ses mains;
L'autre orna ces Palais & ces Bains qu'on renomme,
Des portraits de César, le premier dieu dans Rome:
Toutes deux triomphoient, mais lorsqu'en d'autres tems

Rome eut tendu ſes mains aux chaînes des tyrans,
Quand le luxe en ſes murs eut creuſé tant d'abîmes,
Elle perdit les Arts pour expier ſes crimes;
Le Tibre préſageant ſon déplorable ſort
Vit l'orage de loin ſe former vers le nord;
La Peinture & ſa ſœur dans cette nuit fatale
Pleurerent leurs tréſors foulés par le Vandale,
Tout fuit, tout diſparut; l'une de ſes tableaux
Au travers de la flamme emporta les lambeaux;
L'autre ſous les remparts enfouit les ſtatues,
Les vaſes mutilés, les colonnes rompues:
Ces reſtes précieux au pillage arrachés
Sous la terre long-tems demeurerent cachés,
Michel Ange courut, il perça ce lieu ſombre,
De la ſavante Rome il interrogea l'ombre,
Au flambeau de l'Antique à demi conſumé
Il alluma ce feu dont il fut animé;
De la perte des Arts ſon pinceau nous conſole,
Et ſur leur tombeau même il fonda leur école.

FIN DU PREMIER CHANT.

C. N. Cochin filius del. N. Ponce Sculp.

Le Ciel est ton école et le Soleil ton maître.

LA PEINTURE.

CHANT SECOND.

GLOBE resplendissant, océan de lumiere,
De vie & de chaleur source immense & premiere,
Qui lances tes rayons par les plaines des airs,
De la hauteur des cieux aux profondeurs des mers,
Et seul fais circuler cette matiere pure,
Cette seve de feu qui nourrit la nature,
Soleil, par ta chaleur l'Univers fécondé
Devant toi s'embellit de lumiere inondé;
Le mouvement renaît, les distances, l'espace;
Tu te leves, tout luit; tu nous fuis, tout s'efface;
Le Poëte sans toi fait entendre ses vers,

Sans toi la voix d'Orphée a modulé des airs,
Le Peintre ne peut rien qu'aux rayons de ta ſphere.
Pere de la couleur comme de la lumiere,
Sans les jets éclatans de tes feux répandus
L'Artiſte, le tableau, l'Art lui-même n'eſt plus.

La Peinture en naiſſant, encor foible & rampante
N'offrit que deux couleurs ſur la toile indigente;
La pierre qui blanchit aux entrailles des monts,
Le bois noirci des feux couverts ſous des gazons,
Tels furent les pinceaux & les couleurs ſtériles
Que l'inſtinct mit d'abord en des mains inhabiles,
Et dont l'Art ne formoit que des traits indécis
Avant les jours brillans d'Apelle & de Zeuxis.
Bien-tôt l'œil ennemi de la monotonie
Dédaigna ces tableaux ſans éclat & ſans vie,
Où loin de la nature en voulant l'imiter,
Le Peintre la traçoit ſans la repréſenter,
Et montrant les objets ſeulement ſous deux teintes,
Sembloit de ſes beautés ignorer les empreintes.

Par-tout d'un pole à l'autre & de la terre aux cieux,
L'univers coloré resplendit à nos yeux.
Quand l'oiseau de son chant vient saluer l'aurore,
De quel pur orangé l'orient se décore!
De quels feux le soleil peint les airs en marchant!
Quels flots de pourpre & d'or il roule à son couchant!
Sous quel aspect superbe il semble reproduire
L'assemblage grossier des vapeurs qu'il attire!
Astre inégal des nuits, quelle douce clarté
S'échappe par les airs de ton disque argenté!
Même lorsque la nuit en déployant ses voiles,
Fait dans un sombre azur scintiller les étoiles,
Que sur ce fonds obscur l'œil est encor charmé
De tous ces points brillans dont le ciel est semé!
La nature partout variant les images,
De diverses couleurs a marqué ses ouvrages,
La fourure du tigre & l'aile des oiseaux,
Et le flanc émaillé des habitans des eaux;
Par le brillant amas des divers coquillages
C'est elle qui des mers embellit les rivages,

Teint l'or, blanchit la perle & rougit le corail,
Nuance au vaste sein de la terre en travail
Le jaspe, le porphire, & d'une main féconde
Seme le diamant aux sables de Golconde;
Le creux des souterrains veiné par les métaux,
La surface des monts couverts de végétaux,
Ces jardins, ces vergers, comme tout se colore
Sous les pinceaux d'Opis, de Pomone & de Flore!
De quels rians tapis, de quels différens verds
Ces champs sont revêtus, ces vallons sont couverts!
Combien l'or ondoyant de la moisson prochaine
Fait reluire l'épi jaunissant dans la plaine!
Que l'ambre des raisins sous ces pampres touffus
Orne sur ces côteaux les thyrses de Bacchus!

Le Peintre contempla ce tableau magnifique,
Admira la nature, & sa touche énergique:
De la variété déployant les trésors
Elle sembla lui dire, atteins à mes efforts.
Aux veines des métaux, aux membranes des plantes

L'Artiste alla chercher des couleurs plus brillantes ;
Pour peindre la nature il rechercha ses dons,
Il puisa d'heureux sucs dans le sein des poisons ;
Tyr lui montra la pourpre & l'Indostan fertile
Offrit à détremper un limon plus utile.
Il fallut séparer, il fallut réunir,
Le Peintre à son secours te vit alors venir,
Science souveraine, ô ! Circé bienfaisante
Qui sur l'être animé, le métal & la plante
Regnes depuis Hermés trois sceptres dans la main,
Te soumets la nature & fouilles dans son sein,
Interroges l'insecte, observes le fossile,
Divises par atome & repaîtris l'argile,
Recueilles tant d'esprits, de principes, de sels,
Des corps que tu dissous moteurs universels,
Distilles sur la flamme en filtres salutaires,
Le suc de la ciguë & le sang des viperes,
Par un subtil agent réunis les métaux,
Dénatures leur être au creux de tes fourneaux
Du mêlange & du choc des sucs antipathiques

Fais ſortir quelquefois des tonnerres magiques,
Imites le volcan qui mugit vers Enna,
Quand Typhon s'agitant ſous le poids de l'Etna,
Par la cime du mont qui le retient à peine,
Lance au ciel des rochers noircis par ſon haleine.

Tes mains ſavent encor, pour le plaiſir des yeux,
Préparer des couleurs l'accord harmonieux;
Avant que le pinceau les uniſſe & les change,
Tu fais leur union & leur premier mêlange;
Le feu qui détruit tout, ici régénérant,
Retombe en cendre utile & forme en dévorant.
L'argile au fer s'unit, ſoit pour jetter les ombres,
Soit pour brunir le verd de ces feuillages ſombres;
Pour récréer nos yeux par un ciel épuré,
Le bleu qui le teindra ſort du jaſpe azuré;
Du plomb ſort la couleur qui doit peindre l'aurore,
Du marbre & de la chaux les lys doivent éclore,
Et l'aigle voit rougir le cinnabre enflammé
Qui peindra le tonnerre en ſa ſerre allumé.

Artiſte, fais broyer les couleurs ſéparées,
Des atomes fangeux qu'elles ſoient épurées,
Préſide à ces détails, c'eſt l'intérêt de l'Art,
Ne dédaigne aucun ſoin, vois ce fameux Manſart,
Pour bâtir ces palais ſous les loix de l'équerre,
Le dos courbé lui-même il façonna la pierre;
L'art ſeul de la tailler du tranchant des marteaux,
Cimente ces chemins ſuſpendus ſur les eaux;
Ainſi cette couleur dont la toile eſt parée
Doit tout au premier ſoin qui l'aura préparée.
Connois les ſept couleurs, ſources des autres tons,
Les paſſages divers des divers rejettons;
Connois leur alliance & leur antipathie,
Par quel mêlange adroit on les reconcilie,
Quel eſt l'art des reflets, leur concert & leur jeu;
L'orangé ſur la toile eſt-il trop près du bleu?
Du voiſinage entr'eux la diſcorde va naître,
Que le verd les ſépare & l'accord va paroître.

Ne mets point d'un pinceau follement enhardi

Le champ de tes tableaux ſous les feux du midi.
Quelle couleur peindroit au haut de ſa carriere,
Le front éblouiſſant du Dieu de la lumiere ?
Et quand l'Aſtre brûlant armé de tous ſes traits,
Plongeant ſur notre tête ôte l'ombre aux objets,
Comment nous les montrer ? C'eſt l'ombre qui détache,
Qui fait fuir les côtés, qui préſente & qui cache.
Attends que le ſoleil s'abaiſſant ſur les monts,
Ait enfin de ſon globe émouſſé les rayons,
Ou que d'une clarté non moins douce & propice,
Aux portes du matin l'hémiſphere blanchiſſe,
Ou que l'Hyade ouvrant ſes réſervoirs cachés,
Ait verſé par les airs ſes torrens épanchés;
Ou ſous l'ardeur du jour ſi tu places l'image,
Entr'elle & le ſoleil fais paſſer un nuage.

N'interromps qu'avec art la lumiere en ſon cours,
Surtout que jamais l'œil ne rencontre deux jours;
Epargne le carmin, trop peu d'ombre eſt un voile,
L'objet en devient terne & ſort peu ſur la toile;

Garde ainsi que jamais le prodigue pinceau
N'y jette de lumiere un trop vaste faisceau :
Que les objets tracés refletent de leurs places
La lumiere reçue à différens espaces ;
Mesure l'ombre au corps, moins d'ombre y doit tomber
S'il le faut applatir, & plus pour le bomber ;
Sache affoiblir les jours, sache éclairer les ombres,
Que ce passage heureux des tons clairs aux tons sombres
Se laisse sur la toile à peine appercevoir :
Tel le jour croît vers l'aube ou décroît vers le soir,
Tel alors à nos yeux la mobile athmosphere
Presqu'insensiblement s'obscurcit ou s'éclaire.

Tourne ici tes regards, entre dans ce palais
Où sur ces murs savans, par l'accord des reflets,
Rubens de Médicis fait resplendir les fastes,
Fait jouer des couleurs les habiles contrastes,
Ce sont là tes leçons, des ombres & les jours
Sa main t'enseignera l'harmonieux concours.
Phénomene immortel, astre de la Peinture,

La couleur ſous ſes doigts s'embellit & s'épure;
Prévenant les effets du tems qui la diſſout,
Comme il a coloré chaque objet pour le tout,
Porte un œil curieux ſur ces riches images,
De la lumiere à l'ombre admire ces paſſages,
Ou ſi tu veux encore un guide plus vanté,
Prends celui que Rubens lui-même a conſulté.
Dans ce ſavant accord, Peintre, ou toi qui veux l'être,
Le ciel eſt ton école & le ſoleil ton maître,
Confronte ton ouvrage & ſon cours lumineux,
Selon que chaque zone incline vers ſes feux,
De rayons inégaux il ſeme ſa carriere;
Ne montre comme lui qu'un centre de lumiere,
Que la vive clarté qui part de ce foyer
Paſſe & ſe communique au tableau tout entier.

Comme une voix brillante & ſon timbre ſonore
Ajoute à l'harmonie & l'embellit encore,
Ainſi du coloris le phoſphore divin
Jette un éclat plus vif ſur les traits du Deſſin;

Ces raiſins ſont tracés & n'ont rien qui me frappe,
Mais colorez ces grains, je vais cueillir la grappe.

Tu créas le Deſſin, Amour, c'eſt encor toi,
Qui vas du coloris nous enſeigner la loi.
O champs de Sicyone! O rive toujours chere!
Tu vis naître à la fois Dibutade & Glycere.
Glycere de ſa main aſſortiſſant les fleurs,
Inſtruiſit Pauſias dans l'accord des couleurs;
Tandis qu'elle treſſoit ces feſtons, ces guirlandes
Qui ſervoient aux autels de parure & d'offrandes,
Son amant les traçoit d'un pinceau délicat,
Egaloit ſur la toile & fixoit leur éclat:
Le Peintre aima Glycere & l'Art brilla par elle.

O couleur du jeune âge! O des fleurs la plus belle!
Un ſang pur ſur ce teint répandant la fraîcheur,
Par un tendre incarnat releve ſa blancheur;
A ce rayon divin ſur des formes humaines
Le cœur bat, l'œil ſe trouble, un feu court dans les veines.

Mais quel vaſe léger & rempli de carmin
Thémire à ce miroir tient ouvert ſous ſa main!
Elle prend le pinceau, mais la toile!.... Ah! Thémire!
Thémire, arrête donc.... Eh! quel eſt ton délire?
J'ajoute à mes appas.... Qu'ajouter à des fleurs?
De la nature ainſi ternis-tu les couleurs?
Hélas! à peine as-tu dans les jeux de ton âge
Vû ſeize fois encor renaître le feuillage,
Les uſages déja ces tyrans indiſcrets,
Par ce faux vermillon profanent tes attraits:
Imite, imite Eglé, dans cet âge qui vole,
De l'aimable pudeur conſervant le ſymbole,
Au lever du ſoleil, à l'approche du ſoir,
La mouſſe pour toilette, un ruiſſeau pour miroir,
Contre un ſaule panchée, au bord d'une onde pure,
Du hâle ſur ſon teint elle efface l'injure.
Thémire.... ce carmin déſormais innocent,
Qu'aux mains de la Peinture il deviendra puiſſant!
Du tems ſur ton viſage il eut marqué les traces;
Etendu ſur la toile, il va fixer tes graces.

Célebre

Célèbre Titien, par quel charme inſpiré
Tu colores les traits de ce ſexe adoré!
Quand des cieux deſcendue en des réduits champêtres,
Vénus cherche Adonis à l'ombre de ces hêtres,
Et laiſſant dans le bois les Amours à l'écart,
Du Chaſſeur incertain retarde le départ,
Lorſqu'aux bras d'un amant la Déeſſe s'enlace,
Comme ſon front rougit & s'enflamme avec grace!
Je vois dans ſon œil bleu le doux feu du ſaphir,
Et ſon teint pour la roſe eſt pris par le zéphir;
Ainſi quand le ſoleil ſe peint dans le nuage,
Le Guebre à deux genoux confond l'aſtre & l'image.

Eſt-ce toi, Danaé? Ton pere en ſon effroi
Eleve un mur d'airain entre l'Amour & toi.
Ah! ſi toujours ce Dieu dans ſa maligne joie
Trompa l'homme par l'homme & ſut ravir ſa proie,
Que fera la prudence & les ſoins d'un mortel
Contre tout le pouvoir de l'amour & du ciel?
Par jets l'or ſéducteur pleut du céleſte ceintre,

Mais la ruſe du Dieu ne vaut pas l'art du Peintre.

Des rivages de l'Hebre & des ſommets d'Hœmus
Accourez, accourez, Suivantes de Bacchus,
Foulez d'un pied léger les campagnes de Thrace,
De vos pas cadencés dérobez-nous la trace;
Des ciſtres éclatans & du bruyant clairon
Le pinceau de l'Artiſte a marqué juſqu'au ſon.

A nous peindre les cieux peu de mains ſont habiles:
Signale tes pinceaux dans ces plaines mobiles;
Tout dépend de cet Art: de reflets en reflets
C'eſt le ciel qui commande au reſte des objets.
Avant que d'y porter une main téméraire,
Parcours long-tems des yeux les champs de l'atmoſphere;
Conforme la couleur à ce fonds tranſparent;
Sur ce vague ſubtil, ſur ce fluide errant
Qui partout environne & balance la terre,
Ne laiſſe du pinceau qu'une trace légere,
Fais plus ſentir que voir l'impalpable élément;

Si tu ſais peindre l'air, tu peins le mouvement.

Un Ange deſcend-t-il des voûtes éternelles ?
Si je le reconnois, ce n'eſt point à ſes ailes;
Qu'inſenſible en ſon vol ſa molle agilité
Revêtiſſe les airs & leur fluidité,
Qu'il reſſemble au milieu de la céleſte plaine
Au nuage argenté que le Zéphir promene :
Loin ces Anges peſans qui dans un air épais
Semblent au haut du ciel nager ſur des marais,
Qui de leurs membres lourds ſurchargent l'air qu'ils fendent,
Et qui tombent des cieux plutôt qu'ils n'en deſcendent.

Sous le ſigne brûlant de la jeune Procris,
Promenant ma penſée en des vallons fleuris,
De la voûte du ciel la ſcene inattendue
Vers le déclin du jour frappa ſoudain ma vue ;
Dans les flancs du midi l'orage étoit formé,
Par les feux du ſoleil le couchant enflammé ;
Le nuage avançoit, l'aſtre qui nous éclaire

Lui diſputoit les cieux par cent jets de lumiere ;
Pendant ce long combat de la nuit & du jour,
Vers l'Orient ſerein Diane de retour
Faiſoit luire ſon diſque, & ſa paiſible image
Servoit de demi teinte entre l'aſtre & l'orage.

Quelle eſt l'ame ſans verve & quel eſt le pinceau
Que n'enflammera pas l'aſpect de ce tableau !
Quelle indolente main pour en fixer la trace,
De la voûte changeante attendra qu'il s'efface ?

Le ſpectacle des airs & l'étude des cieux
Sans laſſer ta penſée ont fatigué tes yeux ;
Baiſſe-les vers ces lacs, tu verras la nature
Elle-même ſe peindre au criſtal d'une eau pure ;
Ce grand ceintre des airs ſur ta tête enrichi
Se renverſe & s'enfonce à tes pieds réfléchi.
Peins les airs dans les eaux, le cours des deux fluides
Et le ciel vacillant ſous ces ondes limpides,
Ces fleches de lumiere & leurs jets différens

Brisés contre la rive ou dans l'eau pénétrans,
Ces deux soleils levés que Neptune offre au monde,
Un globe à l'horison & l'autre orbe dans l'onde;
De la mer en courroux ose braver l'effort,
Sois le dernier qui tremble, un Dieu veille à ton sort;
Tandis que l'air, les vents & la mer sont aux prises,
Vois des flots suspendus les formes indécises;
Recueille en ton esprit malgré l'effroi des sens,
Ces flots amoncelés ni fixes, ni tombans;
Observe sous la vague & sauvé du naufrage,
Mais plein de la tempête, alors peins du rivage.

Qu'entends-je? O doux accens! ô sons harmonieux
Concert digne en effet de l'oreille des Dieux!
Les lauriers toujours verds dont le Pinde s'ombrage
Agitent de plaisir leur sensible feuillage;
Dans quel contraste heureux sont modulés les sons!
Ainsi dans les couleurs sache opposer les tons,
Cet Art est difficile & veut plus d'une veille,
La Musique est image & doit peindre à l'oreille,

Toi fais de la Peinture un concert à nos yeux.

Arts tous deux si puissans, quel nœud mystérieux,
Quelle secrette loi l'un à l'autre vous lie ?
Cette chaîne, ô Neuton! échappe à ton génie:
Tu dégages les cieux des atômes pressés,
De tous ces tourbillons par Descarte entassés:
La lumiere en passant sans cesse réfractée
Par des chocs trop fréquens devoit être arrêtée:
Ton immortel compas a tracé les sillons
Par où jusqu'à la terre elle épand ses rayons;
Mais quel est ce rapport du son à la lumiere ?
Dalembert, c'est à toi d'expliquer ce mystere,
Recule cette borne où s'arrêta Neuton,
Dis en quels points communs la lumiere & le son
Dirigés l'un vers l'autre en leur course rapide
Se meuvent de concert dans le même fluide:
Indique nous du moins dans quels mondes jaloux
S'entend cette harmonie encor sourde pour nous.

L'ingénieux Castel de ce jour qu'on ignore

Fit peut-être à nos yeux luire la foible aurore.
Il éleve en buffet l'instrument argentin
Où l'art ingénieux d'une mobile main
Interroge l'ébene & l'yvoire harmonique;
Au bout de chaque touche un long fil élastique
Répond à des rubans l'un sur l'autre pliés,
Et selon que la main par des tons variés
Sait diriger les sons que la corde renvoye,
Plus haut chaque tissu s'entrouvre, se déploye
Et du pourpre, du verd, de l'orangé, du bleu
Fait retentir à l'œil le passage & le jeu.
Mais que l'astre du jour après un long orage
Dans d'humides vapeurs lance au loin son image,
Qu'il montre à nos regards si doucement surpris
Ses rayons divisés sur l'écharpe d'Iris,
Ce grand arc qui des cieux traverse l'étendue,
Ce prisme suspendu dont s'embellit la nue,
Où par d'heureux accords cette couleur qui luit
Tient du ton qu'elle quitte & du ton qui la suit,
Où par l'effet d'un art invisible & suprême

Cette teinte n'eſt plus & ſemble encor la même,
Où laiſſant voir par-tout d'inſenſibles rapports
Le contraſte des tons ne paroît qu'aux deux bords;
Aux campagnes du ciel oculaire harmonie
Du concert des couleurs te montre le génie.
D'un regard créateur approfondis ces loix,
Que ce ſublime accord renaiſſe ſous tes doigts,
Et pour faire briller une toile immortelle
Voyage en des climats où la nature eſt belle.

Quand les Dieux exilés de la céleſte cour
Deſcendirent jadis au terreſtre ſéjour,
Errans & traveſtis les lieux qu'ils habiterent
D'une couleur plus vive auſſi-tôt s'animerent,
Un air, un ciel plus pur, des beaux jours plus conſtans
Dans ces climats heureux fixerent le printems;
Apollon vit pour lui s'orner la Theſſalie,
Mars les bords du Strymon, & Vénus l'Italie.
Honorés par leurs pas ces magnifiques lieux
Gardent la trace encor du paſſage des Dieux.

Jeune homme vois l'aſpect que ton ciel te préſente,
Fuis Paris, Londre & Vienne & leur zône peſante,
Fuis, tes travaux ſans nerf, tes pinceaux ſans éclat
Porteroient au tableau l'œil terne du climat;
Vole aux champs d'Auſonie, aux rochers Helvétiques,
Aux bords de la Durance, aux climats Germaniques,
Vois l'aſpect ſi frappant de ces monts empourprés,
Ces pierres, ces terrains fortement colorés:
C'eſt dans le ſein veiné de ces vaſtes retraites,
C'eſt là que la nature apprêta tes palettes.

FIN DU SECOND CHANT.

C.N. Cochin filius del. — Aug. de St Aubin Sculp.

Artiste suis mon vol, au dessus de la nuë.

LA PEINTURE.

CHANT TROISIEME.

LA figure eſt formée & l'homme reſte à naître,
Ravis le feu des cieux, va, cours lui donner l'être;
Dans ce corps languiſſant même ſous la couleur
Fais circuler la vie & répands la chaleur,
Qu'il ſoit frappé par-tout de ce rayon céleſte,
Que le port, le maintien, le viſage, le geſte,
Tout parle; & pour cueillir un immortel laurier
Embraſſe au même inſtant, ſi tu peux, l'Art entier;
Rapproche mes leçons dans un même exercice;
Le moment du génie eſt celui de l'eſquiſſe;
C'eſt-là qu'on voit la verve & la chaleur du plan

Et du Peintre inſpiré le plus ſublime élan.
Redoute un long travail : une pénible couche
Amortiroit le feu de la premiere touche,
Souviens-toi que tu dois ſouvent du même jet
Imprimer la couleur & la forme & l'effet.
Si le fils de Japet, Artiſte plus habile,
En formant la ſtatue, en pétriſſant l'argile
Eût dans le même inſtant animé ſon deſſin,
Les Dieux qu'il déroba pardonnoient ſon larcin.

Mais comment aux couleurs, comment à chaque image
Communiquer la vie & prêter un langage ?
Obſerve le mortel qui privé de la voix
S'évertue & s'énonce ou des yeux ou des doigts,
Avec quelle ſaillie il remplace & répare
Les refus obſtinés de la nature avare ;
Sa langue ne peut rompre un importun lien,
Mais la voix qui lui manque eſt dans tout ſon maintien.
Hé bien ! ſi comme lui la figure eſt muette,
Que la Peinture parle & ſoit ſon interprete.

Du ſceau qui la diſtingue empreins la paſſion;
Peins ſous un air penſif l'ardente Ambition,
Donne à l'Effroi l'œil trouble & que ſon teint pâliſſe,
Mets comme un double fonds dans l'œil de l'Artifice,
Que le front de l'Eſpoir paroiſſe s'éclaircir,
Fais pétiller l'ardeur dans les yeux du Déſir,
Compoſe le viſage & l'air de l'Hypocrite,
Que l'œil de l'Envieux s'enfonce en ſon orbite,
Eleve le ſourcil de l'indomptable Orgueil,
Abaiſſe les regards de la Triſteſſe en deuil,
Peins la Colere en feu, la Surpriſe immobile,
Et la douce Innocence avec un front tranquille.

Joins à l'expreſſion du viſage & des traits
Une attitude heureuſe & des mouvemens vrais:
Des corps ſache avec art déployer l'habitude,
Souvent le perſonnage eſt tout dans l'attitude.
Siſygambis tombant aux genoux du vainqueur
A déja d'Alexandre adouci la rigueur:
Scévola ſans pâlir tient ſon bras dans la flamme,

C'eſt ſur ce bras tendu que ſort toute ſon ame;
Le poing ſur ſon épée Achille furieux
Semble porter la main à la foudre des Dieux.

Si ton œil n'a du corps pénétré la ſtructure
Tu n'as pu ni tracer, ni poſer la figure:
Et de même au dehors tu ne peux déployer
Le feu des paſſions qu'en ſondant leur foyer;
Deſcends dans ce Veſuve & vois dans cet abyme
Quelle ſource de feux doit jaillir à la cime.
La paſſion toujours ſelon l'âge & les rangs
Dans des ſignes pareils eut des traits différens;
Pour nous peindre l'Acteur meſure ſon théâtre,
La douleur d'un Héros n'eſt point celle d'un Pâtre;
Diſtingue par le ſexe autant que par l'état
Les larmes d'une femme & les pleurs d'un ſoldat.
Le même ſentiment ſelon les caracteres
Se manifeſte encor par des ſignes contraires:
Ce pere en ſa douleur, d'un courage aſſuré
Peint les livides traits de ſon fils expiré;

Toi, malheureux Dédale, auteur de ta blessure
Deux fois tu veux graver ta fatale aventure,
Deux fois ton cœur se serre & tu sens sur l'airain
De ta main paternelle échapper le burin.

Conserve aux passions toute leur violence,
Fais-les parler encor jusques dans leur silence,
Laisse-nous entrevoir ces combats ignorés,
Ces mouvemens secrets dans l'ame concentrés ;
Antiochus périt du mal qui le consume,
Tous les secours sont vains, le cœur plein d'amertume
Son pere leve au ciel ses regards obscurcis,
Auprès d'Antiochus Erasistrate assis
Interrogeant le pouls de ce Prince immobile
Ne sent battre qu'à peine une artere débile :
La Reine l'œil humide & d'un front ingénu
Paroît, le pouls s'éleve & le mal est connu.

Pour tracer ces tableaux d'un crayon plus fidele
Il faut observer l'homme & dans plus d'un modele,

Parcours ce labyrinthe & ses trompeurs chemins
Diversement coupés chez les divers humains;
L'homme differe d'ame autant que de visage,
C'est le même rapport & c'est une autre image,
Tu dessines le corps, mais ton œil sert ta main;
L'ame seule voit l'ame, elle échappe au dessin.

Eh! comment donc la peindre? Il faut sentir toi-même:
Tu ne peux la saisir sans cet instinct suprême.
Sully justifié tombe aux pieds de Henri,
Confus de son erreur le Prince jette un cri:
» Leve-toi, l'on croira que ton Roi te pardonne.
Noble & sublime élan que l'héroïsme donne!
Comment nous peindras-tu ce mouvement soudain
Si l'ame de Henri n'a passé dans ton sein,
Si du fonds de ton cœur ce récit plein de charmes
A ton œil humecté n'a fait monter les larmes?
Le cœur vil & pervers sous le vice abattu
Jamais d'un trait profond ne peignit la vertu,
Si des cieux un moment il approche la sphere

Il y porte avec lui les vapeurs de la terre.

Le plus beau droit de l'Art eſt d'orner les autels,
Ces aſyles ouverts aux fragiles mortels,
Où fatigué du choc des paſſions fatales
L'homme vient repoſer du moins par intervales:
Sois ſaiſi de reſpect & dans ces lieux divins
Songe que tu réponds des regards des humains.
Là leur vue attentive & toutes leurs penſées
Sur d'auguſtes tableaux doivent être fixées.
Si j'arrive pourtant dans ces temples de paix,
Que vois-je ſur les murs? les plus affreux objets,
Les fureurs des tyrans, l'invention des crimes,
Les gênes, les buchers & le ſang des victimes,
Et toujours vingt bourreaux pour un héros chrétien.
Ah! qu'aujourd'hui le Ciel mon guide & mon ſoutien,
A qui peut-être ici ma voix ſert d'interprete,
A la lyre en mes mains n'a-t-il joint la palette!
J'irois & de ce pas, j'irois dans les lieux ſaints
Effacer ſur les murs le ſang dont ils ſont teints,

Ces arênes d'horreur, ces barbares exemples
Faits pour l'œil des Nérons & qu'on voit dans nos temples.
Peintre aveugle, en m'offrant ces féroces tableaux,
Quelle est donc la vertu qu'inspirent tes pinceaux?
Quand Sparte à la victoire aguerrissoit les ames,
Lorsque du vrai courage elle y versoit les flammes,
Etoit-ce en présentant des champs couverts de morts,
Des soldats dont la guerre eût mutilé les corps?
Ouvroit-on les tombeaux? on montroit les trophées.
Donne un même éguillon aux ames échauffées,
Enleve sous nos yeux dans le séjour divin
Les héros de la Foi les palmes à la main,
Ou si tu veux montrer quel fut leur sacrifice,
Peins-les devant leur Juge & non dans le supplice;
Là marque leur constance ainsi que leur espoir,
Voilà de leur vertu le fidele miroir;
N'en présente point d'autre & rends-leur ces hommages,
Sers la Religion sous de douces images,
Entends, remplis la loi de son Auteur divin,
Peins le Juif secouru par le Samaritain,

L'humanité toujours au ſublime eſt unie ;
Sois ſenſible, ſans l'ame il n'eſt point de génie.

Quand tu ne peindras pas la vertu ſous ſes traits ;
Peins la nature, elle a d'invincibles attraits,
Son image nous charme, elle n'eſt jamais vaine,
Et même à la vertu ſon aſpect nous ramene.

Mais ſi tu veux m'offrir loin du bruit des cités
Du ſpectacle des champs les tranquilles beautés,
Dégage de tout ſoin ton ame libre & pure
Et mets-la dans ce calme où tu vois la nature ;
En vain à l'obſerver ton œil s'eſt attaché,
L'œil ſera trouble encor ſi le cœur n'eſt touché.
Eh ! d'où vient que Berghem eſt au rang de tes Maîtres ?
D'où vient qu'il a reçu des Déités champêtres
Le feuillage immortel qui verdit ſur ſon front ?
Il connut, il peignit ce ſentiment profond,
Il l'épancha partout ſous ſes touches divines,

Il eut pour atelier le ſommet des collines;
Epris de la nature & plein de ſes attraits
C'étoit-là qu'il traçoit de ſes pinceaux ſi vrais
Les mobiles aſpects des nuances céleſtes,
Le repos d'un beau ſoir ſur des ſites agreſtes,
La monture du pâtre & les bélans troupeaux
Par des chemins fleuris regagnant les hameaux,
Et ce ſilence heureux d'un vaſte payſage
Des premiers jours du monde attendriſſante image.

As-tu cette ame forte & cet inſtinct hardi
Par qui tout eſt oſé, tout eſt approfondi?
Va, cherche la nature ou bizarre ou ſauvage,
Joins ſon génie au tien pour ſaiſir ſon ouvrage:
Montre vers le Jura l'accord de deux ſaiſons,
La verdure à tes piés, la glace au haut des monts,
Le fracas des torrens vomiſſant de ces cimes
Leurs flots retentiſſans tombant dans ces abymes,
Ces rochers ſuſpendus menaçant à la fois

Le ciel de leurs ſommets, la terre de leur poids.

L'œil eſt le vrai dépôt de la mémoire humaine,
Mais il veut des objets, des tableaux qu'il retienne;
La nature animée & les traits importans,
Tout ce qui nous inſtruit, voilà ce que j'attends.

Tu peins les animaux, que leur inſtinct paraiſſe:
Sur ſes genoux ployés que le chameau s'abaiſſe,
Et prête un dos convexe à d'énormes fardeaux;
Que vers le Labrador & ſur le bord des eaux,
Le caſtor architecte auſſi prudent qu'habile,
Cimente cette digue & ſe forme un aſyle.
J'aime à voir ſous leurs traits le courſier valeureux,
Le chien reconnoiſſant, l'éléphant généreux;
Que la toile en un mot jamais vuide & déſerte
Des faits, des vérités ſoit une école ouverte:
Sur un objet oiſeux quand tu perds tes pinceaux,
Je crois voir Philoctete aux rives de Lemnos
Lancer obſcurément contre une foible proye

Ces fleches dont le ſort eſt de renverſer Troye.

Ce n'eſt pas cependant que d'un front ſourcilleux
Je proſcrive les traits d'un badinage heureux,
Telle image à la fois eſt frivole & piquante,
Les Grecs ont admiré le tableau de Timante.
Polyphême s'endort, du coloſſe étendu
Dans la forêt au loin le corps eſt répandu,
Les Satyres légers s'attroupent en ſilence
Immobiles autour de ſa ſtature immenſe,
Quel eſt de leurs regards l'étonnement profond !
L'un obſerve ſon œil iſolé ſur ſon front,
L'autre le thyrſe en main & d'eſpace en eſpace
Toiſe du vieux Paſteur la giganteſque maſſe.

Epouſe d'Antimaque au vallon de Tempé,
De ton air raviſſant que mon œil eſt frappé !
Moitié nymphe aux beaux yeux, moitié courſier ſuperbe
Ta croupe s'arrondit nonchalamment ſur l'herbe :
Tes fils preſſant ton ſein de la levre & des doigts

Sucent avec le lait la rudeſſe des bois ;
Le Centaure ſorti de la forêt voiſine
Paroît à demi corps au dos de la colline,
Tient en l'air un lion qu'il perça de ſes dards,
Ses fils l'ont apperçu, quel feu dans leurs regards !
Le Centaure ſourit à leur naiſſante audace,
Dans leur œil qui pétille il reconnoît ſa race.
Je vois avec plaiſir ces traits ingénieux
Où la ſaillie attire & captive les yeux.
Calot même entraîné par ſa verve burleſque
Me plaît par les écarts de ſa touche groteſque,
Lorſqu'il peint de démons Antoine harcelé,
L'Enfer en maſcarade & le Saint déſolé.

Comme on voit de deux jours la rencontre imprudente
Offuſquer les objets que la toile préſente,
Garde que le ſujet qui doit ſeul nous fixer
Dans un autre jamais n'aille s'embarraſſer ;
Qui montre deux ſujets les confond & les cache,
L'unité ! l'unité ! c'eſt ainſi qu'on m'attache,

Sans elle rien ne plaît, ſans elle rien n'eſt beau,
Un ſeul fait au theâtre, un ſeul dans le tableau.
Mais ne vas pas non plus ſur la toile imparfaite
Inquiéter ma vue à demi ſatisfaite,
Que du ſujet entier le tableau ſoit rempli.

C'eſt peu de l'unité s'il eſt trop embelli,
Si l'amas faſtueux d'une fauſſe richeſſe
Etouffe imprudemment le fonds qui m'intéreſſe;
Loin les ornemens froids, les détails ſuperflus,
Tout ce qu'on peint de trop peſe ſur les tiſſus.

O ſublime Pouſſin dans tes mâles ouvrages
Tu n'as point au haſard jetté les perſonnages,
Peins-tu les eaux du ciel ſummergeant l'univers?
Vers ces triſtes ſommets déja preſque couverts,
Au peu d'humains épars ſur l'abyme de l'onde
Je reconnois d'abord le naufrage du monde.

Dans un moindre naufrage au défaut des grands traits

Horace eſt indigné que l'on ſoigne un cyprès;
Dans ce Peintre inſenſé c'eſt ſouvent toi qu'il nomme:
Songe à l'objet premier, peins les lieux, mais peins l'homme;
L'homme eſt l'être ſenſible, & ſon aſpect aimé
Porte un charme ſecret ſur l'être inanimé.

Aux flammes de la nuit cette ville eſt en proye
Que la lueur dans l'air par degrés ſe déploye,
Et que par tourbillons les vents roulent les feux.
Mais peins plus fortement des objets plus affreux,
Le Citoyen fuyant loin du toit qui s'embraſe,
Ceux que ſurprend la flamme ou que la pierre écraſe,
Ceux à qui ſous les pieds le feu rompt les chemins
Et qui reſtent aux ais ſuſpendus par les mains;
Qu'un autre ſur le ſeuil d'une porte enflammée
Tombe étouffé ſoudain par des flots de fumée,
Que la mere tremblante, un enfant dans ſes bras,
Un autre à ſon côté précipite ſes pas.
Fais deſcendre un vieillard par ce mur que l'on briſe,
Et qu'un nouvel Enée emporte un autre Anchiſe.

Veux-tu peindre à côté de cet affreux Tableau
Dans le même désastre un spectacle nouveau?
Que le pâtre au matin vers ces vastes ruines
Apportant les tributs des campagnes voisines,
Voyant encor les airs par la cendre obscurcis
Immobile d'effroi reste au pied du glacis;
Peins les femmes en pleurs dans l'horreur absorbées
Et de leurs bras tremblans les corbeilles tombées.

Mais il est des objets, mais il est des tableaux
Sur qui la main stérile use en vain les pinceaux,
Change de route alors & qu'un beau stratagême
Remplace sous tes doigts l'Art qui manque à lui-même.
Le Poëte doit peindre & le Peintre exprimer;
S'il est quelques objets qu'il ne puisse animer,
Connois mieux la Peinture, elle a sa réticence
Et tire son secours de sa propre impuissance.

Iphigénie en pleurs sous le bandeau mortel
De festons couronnée avance vers l'autel;

Tous les fronts ſont empreints de la douleur des ames,
Clytemneſtre ſe meurt dans les bras de ſes femmes,
Sa fille laiſſe voir un déſeſpoir ſoumis,
Uliſſe eſt conſterné, Ménélas, tu frémis,
Calchas même eſt touché: mais le pere, le pere!....
D'atteindre à ſa douleur l'Artiſte déſeſpere;
Il cherche, héſite, enfin le génie a parlé;
Comment nous montre-t-il Agamemnon? Voilé.

Viens admirer encor dans un nouveau ſpectacle
Les reſſources de l'Art vainqueur d'un autre obſtacle:
Condé dans ce beau lieu que Santeuil a chanté
Reſpire en vingt tableaux ſavamment imité;
De Lens & de Rocroi que les palmes ſont belles!
Que l'on aime à tracer ces tiges immortelles!
Mais quand du ſang françois il a rougi ſon bras
Forcé d'abandonner les courtines d'Arras,
Quand il laiſſe en partant ſur ſa trace guerriere
Un ſillon mêlangé d'ombres & de lumiere:
Il faut le peindre encor ce grand homme égaré.

O Condé! par ton fils le Peintre eſt inſpiré:
Tes faſtes dans les mains la Muſe de l'hiſtoire
Déchire le feuillet qui terniroit ta gloire.

Ainſi l'Allégorie au beſoin ſervit l'Art,
Mais ſouvent un Artiſte imagine au haſard,
Et pour m'embarraſſer par une enigme vaine
Se perche avec le Sphinx ſur la roche Thébaine;
Mon œil impatient par la toile offuſqué
Laiſſe dans ſes brouillards le ſens mal indiqué:
Le ſens doit être clair quoiqu'il change d'organe,
L'Allégorie habite un palais diaphane:
Franchis par ſon ſecours des obſtacles nouveaux,
Donne par elle un corps à des êtres moraux,
Mais ſans t'envelopper trop ſouvent de ſon voile,
Je hais ces Peintres froids obſcurciſſant la toile
Dont le génie étroit ſur l'emblême guindé
A ſans ceſſe ou ſa Nymphe ou ſon monſtre affidé;
C'eſt toujours ou lion, ou ſirene, ou furie,
C'eſt toujours l'abondance & ſa corne fleurie.

De trois Princes jaloux l'orgueil envenimé
Fait rendre la couronne à leur pere allarmé ;
Sur la tête du Roi ſi le crayon la poſe
Tu n'offres à mes yeux ni le fait, ni la cauſe;
Eh bien! que la Diſcorde aux ſerpens pour cheveux
Ombrageant de ſon aile un trône malheureux,
De ſes livides mains place le diadême
Sur le front du Monarque aux yeux de ſes fils même.
Mais quand l'hiſtoire enſeigne & parle avec clarté,
Jamais mieux qu'elle alors tu n'auras inventé,
Et ta main l'imitant ſans paroître ſervile
Cueille encore avec gloire une palme facile.

Il eſt une ſtupide & lourde Déité ;
Le Tmolus autrefois fut par elle habité;
L'Ignorance eſt ſon nom : la Pareſſe peſante
L'enfanta ſans douleur au bord d'une eau dormante.
Le Hazard l'accompagne & l'Erreur la conduit,
De faux pas en faux pas la Sottiſe la ſuit.
Ne laiſſe point guider par ſes mains téméraires

La main que la Peinture admet à ſes myſteres.
La Science toujours fut la baſe des Arts,
Ne vas point, jeune Eleve, en d'imprudens écarts
Brouiller les pas du Temps dans le champ de l'hiſtoire,
Couvrir d'un baudrier les Soldats du Prétoire,
Teindre des mêmes eaux le fleuve & l'océan,
Marquer des mêmes feux l'éclair & le volcan,
Sur un ſol étranger tranſportant les Driades,
Ombrager de forêts les plaines des Orcades,
Faire aſſeoir l'Iroquois au milieu des ormeaux,
Ou planter le palmier au bord de nos ruiſſeaux.
Debout derriere toi le Ridicule veille,
Il perce de ſes traits l'Artiſte qui ſommeille;
Quel que ſoit le laurier que le Peintre ait cueilli
L'erreur de ſon crayon n'eſt point miſe en oubli,
Le tableau l'éterniſe & cette flétriſſure
Eteint plus d'un rayon ſur le front d'Albert-dure.

Oſe, c'eſt-là ta gloire, & c'eſt un de tes droits,
Mais des chemins nouveaux il eſt un heureux choix;

Ose, mais du vrai seul garde toujours la trace,
Guide toujours de l'œil les écarts de l'audace,
Ne vas point accoupler la panthere & l'agneau,
Mettre en un même nid l'aiglon sous l'étourneau,
Travestir sous les traits d'une grace mondaine
Madelaine en Laïs, ou Therese en Helene,
Loin de nous tout absurde & téméraire objet,
Tu peins la vérité, respecte ton sujet.
Du sacré, du profane évite le mêlange,
Ne renouvelle point l'erreur de Michel-Ange;
Il peint au dernier jour le Juge des mortels
Descendant pour fixer leurs destins éternels,
Les morts avec effroi ranimant leur poussiere,
L'inexprimable horreur de la nature entiere,
La terre tout-à-coup s'échappant de ses gonds,
Le soleil de sa sphere & les mers de leurs fonds,
Et le Peintre a souillé ce tableau redoutable
Par les Spectres impurs & l'enfer de la fable,
A ce bisarre aspect la raison s'indigna
Et le voile baissé la pudeur s'éloigna.

Ce n'eſt plus la raiſon ni le goût qui murmure,
Ce n'eſt plus la pudeur, j'entends de la nature
Et de l'humanité les lamentables voix;
Pour peindre un Dieu mourant ſur le funeſte bois
Michel-Ange auroit pû!... Le crime & le génie!
Tais-toi, monſtre exécrable, abſurde calomnie;
Quel chef-d'œuvre de l'Art eût jamais effacé
Une goute du ſang que l'Artiſte eût verſé?
Que n'eût-on vû plutôt dans ce délire extrême
Sécher la main du Peintre & périr l'Art lui-même!

Habile à te tracer de ſublimes leçons
Jule pour les grands traits ſçut tailler ſes crayons,
Lorſqu'il ſuit Raphaël, Jule foible & timide
Se traîne obſcurément loin des pas de ſon guide,
Tant le génie eſt fait pour marcher ſans appui
Et chancelle toujours dans le ſillon d'autrui!
Mais à lui-même enfin quand Jule s'abandonne,
Poëte dans ſon art de quels traits il étonne!
Comme de ſon pinceau la verve & la fierté

Eclate

Au palais de Mantoue éclate en liberté !
Comme il peint les Titans frappés par le tonnerre
Des monts qu'ils entassoient renversés vers la terre,
Les troncs d'arbre, les rocs échappés de leur main,
Les coursiers du soleil dispersés & sans frein !
La foudre tombe au loin, & le jour qui s'égare
Par la voûte rompue entre & luit au Tenare,
Cybele avec effroi presse du haut des airs
Ses lions en écume à travers les éclairs,
La mer s'enfle & bondit en montagnes humides,
Les vagues ont brisé le char des Néréides,
Et la terre sanglante ébranlée en ses flancs
S'affaisse sous le poids des colosses fumans.

Est-ce une illusion ? Quelle douce magie
Quel charme me transporte aux bosquets d'Idalie,
Dans la troupe enfantine & des ris & des jeux,
Aux autels de Vénus près des amans heureux !
La foule des Amours de tous côtés assiége
L'atelier de l'Albane & celui du Correge ;

E

Les uns pour les pinceaux taillent le myrthe en fleur,
D'autres ſur la palette étendent la couleur,
Celui-ci d'un genou qu'avec peine il avance
Veut preſſer à lui ſeul un chevalet immenſe,
Il ſue, il ſe dépite, il ſouleve à moitié,
Par ſon adreſſe enfin la machine eſt ſur pié.
Celui-là pour tracer un portrait de ſa mere
Du Peintre gravement conduit la main légere,
Plus il eſt ſérieux, plus ſon air eſt charmant;
Cet autre plus badin va, vient étourdiment,
De ſon léger flambeau tire des étincelles,
De crayons plus aigus fait des fleches nouvelles,
Touche, dérange tout par ſes folâtres jeux,
Il a diſtrait l'Artiſte & l'ouvrage en eſt mieux.

Que n'ont point ſu tracer ſur la pierre ou la toile
Ces Carraches de l'Art triple & brillante étoile,
Ce Paul né dans Vérone & que rien n'a diſtrait
Du laurier qu'il diſpute à ce fier Tintoret!
Rubens dont le génie énergique & fertile

Fut toujours secondé par sa touche facile,
Le Peintre de Bruno qui vit de ses foyers
Des Artistes Romains les chefs-d'œuvres altiers,
Et s'éleva lui-même aux prodiges du Tibre;
Holbein dont le crayon fut si mâle & si libre,
Ces deux Bassans si vrais, cet heureux Vauwermans
Qui peignit des coursiers jusqu'aux hennissemens,
Le Poussin qui toujours sans éleve & sans maître
De l'Art chez les François tient le sceptre peut-être,
Ce brillant le Lorrain au pinceau si flatteur,
Rimbrant de la lumiere heureux distributeur,
Le Primatice épris des beautés de l'Antique,
Destructeur du faux goût & du crayon gothique,
Vendeik qui nous montrant le beau dans tout son jour
De la force à la grace a passé tour à tour,
Ce Vinci si correct, celui qui né dans Parme
Sur sa toile élégante a semé tant de charme,
Ce Guide plus touchant, ce hardi Salvator,
Et le Dominiquain méditant son essor
Qui laissa si long-tems ses travaux sous un voile,

Puis déploya ſoudain les tréſors de la toile;
Ainſi l'aigle caché dans les forêts d'Ida
Pour prendre un vol plus haut ſouvent le retarda.

O puiſſance de l'Art! véritables prodiges!
O le plus ſéduiſant, le plus doux des preſtiges!
Plus on a ſu cacher les ſecrets du pinceau,
Plus il produit l'erreur, plus ſon triomphe eſt beau.
Trompé par les raiſins l'oiſeau vole au treillage,
L'animal belliqueux hennit à ſon image;
Et l'œil du connoiſſeur & l'œil du villageois,
La ſcience & l'inſtinct ſont ſéduits à la fois.
Créateur des objets dont il eſt le copiſte
LArt a trompé la brute, il va tromper l'Artiſte:
Zeuxis, tu cours lever ce magique rideau,
Il ne cache que l'Art, ce voile eſt le tableau.

Zirphé plus fraîche encor que la roſe nouvelle,
La charmante Zirphé, fille d'un autre Apelle,
D'un ſeul de ſes regards attiroit tous les vœux,

On aſpire à ſa main, mais quel amant heureux
Quel Peintre dans ſon Art ſçaura vaincre le pere ?
C'eſt la loi qu'il impoſe & l'hymen ſe differe.
Un Eleve timide, hélas ! loin de l'eſpoir,
Des charmes de Zirphé ſentoit tout le pouvoir,
L'adoroit en ſilence, & la belle ingénue
Sur lui comme au hazard laiſſoit tomber ſa vue ;
En l'abſence du Peintre il entre en ſon réduit,
Prend le pinceau, hazarde, il acheve & s'enfuit :
L'Artiſte impatient que ſon zele rappelle
Revole à l'atelier, à la Vénus nouvelle,
Dont il arrondiſſoit les contours animés,
Jouiſſant des appas par lui-même formés ;
Mais un inſecte ailé ſur la gorge repoſe
Vers le point où les lys laiſſent fleurir la roſe,
Le Peintre l'apperçoit & du bout de ſes doigts
Du tableau qu'il effleure il le chaſſe deux fois....
Mais quelle illuſion ! quelle ſurpriſe extrême !
La mouche eſt immobile, il le devient lui-même :
Bientôt l'étonnement a fait place au courroux,

L'Eleve alors tremblant paroît, tombe à genoux,
C'eſt moi... C'eſt toi! Qu'entends-je? Il ſe taît, s'embarraſſe,
Admire, réfléchit, le releve & l'embraſſe;
Sois l'époux de ma fille. Ah! vous comblez mes vœux.
L'amour rit, l'Art triomphe & trois cœurs ſont heureux.

Des yeux qu'il a ſéduits l'Art paſſe juſqu'à l'ame,
Des paſſions qu'il peint il y verſe la flamme,
Le courage, l'effroi, la haine, l'amitié,
Et l'indignation, la crainte & la pitié.
Combien le cœur ému s'ouvre à cet Art céleſte!
Juſqu'où va ſon pouvoir! tout en parle & l'atteſte;
La loi qui dans Athene interdit les pinceaux
Aux doigts qu'avoient durci les ſerviles travaux,
La toile hoſpitaliere au Temple de Carthage
Raſſurant les Troyens ſur un nouveau rivage,
Protogene en honneur & de ſon atelier
Sauvant Rhode lui ſeul des aſſauts du bélier,
Alexandre effrayé par l'image ſanglante
Du triſte Palamede immolé dans ſa tente,

Croyant revoir le ſang dont lui-même eſt ſouillé,
Dans ſon ſein tout à coup le remords éveillé;
Porcie à ſon époux s'arrachant en Romaine
Et dans le même jour ne reſpirant qu'à peine
Au tableau des adieux d'Andromaque & d'Hector;
L'image d'un ſoldat eſt plus puiſſante encor,
Elle arme un peuple entier victorieux d'avance;
Pierre dans Pétersbourg, Médicis dans Florence
Appellent la Peinture & d'un de ſes regards
Elle ſemble allumer le pur flambeau des Arts;
Aux lieux qu'ils habitoient fait revivre leurs traces
Et ranime le Ruſſe engourdi ſous ſes glaces.
Jeune Eleve, cours donc, cours ſaiſir les pinceaux,
Vole, apprête à ton Art des triomphes nouveaux.
Un autre Art né du tien s'empreſſe à reproduire
En cent lieux différens le tableau qu'on admire;
Par lui bravant le ſort & ſes coups imprévus
Tu vis où tu n'es pas, tu vis quand tu n'es plus,
La toile ſe conſume & ton ouvrage dure:
Ainſi périt chaque être & jamais la nature.

A l'aſpect des talens couronnés avant toi
Redouble de courage, agis, cherche, conçoi:
Hé! dans le champ des Arts quel prix, quelle victoire
A jamais épuiſé les moiſſons de la gloire?
Elle tient des lauriers toujours prêts pour ton front,
Féconde le terrein, les palmes y croîtront.

Par les traits immortels qui les caractériſent
Vois briller ces eſprits que les cieux favoriſent,
Ces célebres humains créateurs dans leur Art
Elevés ſur la foule & comptés d'un regard,
Montrant par leur eſſor la diſtance infinie
Des efforts du travail aux élans du génie,
Planant ſur l'Univers les flambeaux dans les mains,
De la hauteur des cieux éclairant les humains.
Oſe les égaler en t'élevant ſans guide,
L'Envieux pâlira devant ton vol rapide,
Alors on ſentira ſous tes brûlans pinceaux
Ton ame toute entiere éparſe en tes tableaux.
Surtout ſi juſqu'ici la nature tracée

Te laiſſe ſans ſecours à ta vaſte penſée,
S'il faut que ton pinceau plus hardi ſous ta main
Tienne de l'Infini dans un ouvrage humain
Et peigne & vivifie une image immortelle
Dont tes débiles yeux n'ont pu voir de modele.

Quel nouveau Raphaël pourra montrer encor
Le Chriſt transfiguré ſur le haut du Tabor?
L'air s'épure & blanchit; d'une ſplendeur divine
Son corps, ſon vêtement tout-à-coup s'illumine,
Son viſage éblouit, l'éclair part de ſes yeux;
Le Dieu tient en ſuſpens les Puiſſances des cieux.
Ses Diſciples tombés le front dans la pouſſiere
Reſtent comme aveuglés ſous ce poids de lumiere:
Le Peintre ſoutient ſeul ce céleſte appareil:
Une fois l'œil de l'homme a fixé le ſoleil.

Moi-même je le ſens, ma voix s'eſt renforcée,
Des eſprits plus ſubtils montent à ma penſée,
Mon ſang s'eſt enflammé plus rapide & plus pur,

Ou plutôt j'ai quitté ce vêtement obſcur,
Ce corps mortel & vil a revêtu des ailes,
Je plane, je m'éleve aux ſpheres éternelles,
Déja la terre au loin n'eſt plus qu'un point ſous moi :
Génie ! oui d'un coup d'œil tu m'égales à toi ;
Un foyer de lumiere éclaire l'étendue.
Artiſte, ſuis mon vol au-deſſus de la nue ;
Dans l'Ether un feu pur jailliſſant par éclats
Trace en ſillons de flamme, INVENTE, TU VIVRAS.

FIN
DU TROISIEME ET DERNIER CHANT.

NOTES.

CHANT PREMIER.

Page premiere, vers 7.

Toi qui près d'une lampe & dans un jour obſcur
Vis les traits d'un amant vaciller ſur le mur.

IL eſt dans la maniere des Poëtes de ramener l'invention des Arts à un fait particulier ; ainſi l'on a adopté dans le Poëme cette origine de la Peinture, d'autant plus que cette origine poëtique étoit encore naturelle, & ce fait particulier une indication générale. L'ombre qui deſſine les objets & imite leur configuration devoit donner l'idée du deſſin : quand on cherche la ſource des Arts, il faut toujours examiner ce que la nature a offert univerſellement de plus propre à faire naître les idées d'imitation. Elle aime à ſe repréſenter elle-même par les reflets, par les jeux de lumiere & d'ombre, qui retracent les corps : leur répétition plus parfaite & plus marquée dans les eaux a du être surtout un des objets qui ont frappé les hommes ; à ces images naturelles se sont joints les combinaisons de l'esprit, les hazards heureux, & la Peinture s'est perfectionnée.

Page 2, vers 15.

Heureux pere ! tu vis ce prodige nouveau.

Le pere de Dibutade étoit Potier de terre dans Sicyone, ville du Peloponnese.

Page 3, vers 3.

D'abord à la Peinture on ne pouvoit atteindre.

La Scuplture est une copie plus matérielle, plus palpable de la nature, elle est susceptible de tous les points de vue, elle laisse juger ses dimensions, elle parle immédiatement aux sens ; elle a dû précéder la Peinture & être le fonds de cet Art.

Raphaël jugeoit qu'il y avoit bien plus de vérité dans la Sculpture, parce qu'elle est mesurable & qu'il semble que le toucher en puisse décider autant que la vue ; la Peinture l'a consultée pour acquérir l'illuſion des reliefs, & c'eſt pourquoi les Eleves commencent toujours à travailler ſur ce qu'on appelle *la Boſſe*.

Mais d'après ces réflexions même, ne pourroit-on pas penſer que la Peinture eſt plus ſurprenante d'avoir tenté l'imitation ſans les moyens matériels de la Sculpture, qu'il a fallu plus de ſagacité pour faire paroître un corps bombé ſur une ſurface plate & porter l'illuſion juſqu'à nous dérober ce qui dément dans l'objet imité le rapport avec l'objet réel ?

Le champ de la Peinture eſt vaſte, elle peint la terre, l'eau, l'air & le feu ; la Sculpture bornée à l'élément de la terre, ne peut rien imiter dans les trois autres.

De même que la Peinture a exigé plus de combinaiſons de la part de l'Artiſte, il ſemble auſſi que ſes ouvrages ne puiſſent être ſentis que par des yeux déja exercés.

Dans la Peinture, c'eſt l'eſprit qui enſeigne aux yeux à voir ; l'enfant peu frappé de cet Art, a beſoin qu'on lui faſſe diſtinguer les objets ſur un tableau, comme les rivieres ſur une carte de Géographie, & ſi lorſqu'il entre à la vie il lui faut une ſorte d'apprentiſſage pour parvenir à voir même les objets naturels, combien faut-il plus d'étude pour s'inſtruire à diſcerner ceux qui ne ſont qu'artificiels !

Le méchaniſme de l'habitude eſt donc néceſſaire pour jouir de la Peinture. Ainſi cet Aveugle à qui on avoit levé les cataractes & qui fut long-tems à apprendre à voir, n'appercevoit dans les tableaux qu'une confuſion de couleurs ; ſi pour premier eſſai d'objets artificiels on lui eût préſenté des ſtatues colorées ou drapées à la maniere qu'il connoiſſoit déja dans les figures naturelles, ſes ſens euſſent été ſûrement plus acceſſibles à ce genre d'imitation.

Page 4, vers 12.

Ecoute, jeune Eleve, il eſt plus d'un pinceau.

S'il eſt à craindre de ſe méprendre ſur ſon talent, il ne l'eſt pas moins de ſe tromper ſur le choix du genre ; l'Albane étoit né pour les images douces, comme Jules Romain pour les tableaux de force ; mais quelquefois on ſe pique d'émulation pour un genre plus élevé, ſans ſonger que ce n'eſt pas le genre, mais le talent qui fait le mérite de l'Artiſte. Un Peintre qui aime véritablement la gloire & ſon Art, cherche la perfection & ne ſacrifie point à une prétention vaine les ſuccès qu'il peut eſpérer dans un genre moins haut auquel il eſt propre.

Cependant quelque genre qu'il choiſiſſe, il ne doit pas tellement s'y renfermer qu'il néglige de s'inſtruire dans certaines parties des autres genres ſupérieurs ou inférieurs, auxquels le ſien tient néceſſairement par quelque côté; il doit connoître cette maxime: *ce qu'on ignore nuit à ce que l'on ſait.* Il y auroit de la pédanterie à ſe circonſcrire, & ce n'eſt jamais à la rigueur que l'on doit croire à la différence des genres. L'Artiſte doit ſavoir s'élever ou deſcendre pour ſuffire lui ſeul à ſes compoſitions. Le Titien peignoit l'hiſtoire & ne dédaignoit point le payſage, il s'appliquoit aux figures & ne négligeoit point les animaux; il n'eut point laiſſé faire à un autre les parties d'architecture, il ne connoiſſoit point ces excluſions & cette gêne qui ôtent l'enſemble du tableau, il ne dépendoit que de lui-même.

Page 5, vers 14.

Un fidele crayon m'attachant de plus près
Sous mes yeux étonnés a reproduit mes traits;

Le genre du portrait a eu moins d'eſtime, parce qu'il eſt borné communément à des intérêts particuliers: L'Artiſte ne traitant point un ſujet qui ſoit ſous les yeux de tout le monde, & qui mette de même ſon ouvrage en vue, a peu de motifs d'émulation. Ce genre a cependant un avantage général, un intérêt de tous les tems, celui de tranſmettre à la poſtérité l'image des grands hommes, & d'après cette idée on voit même un encouragement plus puiſſant pour le Peintre de portrait que pour les autres, en ce que peignant les hommes de ſon tems & les hommes ne pouvant être peints que par ceux qui les ont vus, l'Artiſte eſt sûr de reſter modele.

En effet les ſujets généraux & connus appartiennent aux Artiſtes de tous les tems, ils ſont toujours au dernier qui les traite, s'il ſurpaſſe ſes prédéceſſeurs: les Peintres de ces genres peuvent donc penſer qu'on répétera leur tableaux d'une maniere plus heureuſe; car qui peut ſe flatter d'avoir poſé la borne

borne des Arts? Mais celui qui peint un illuſtre contemporain ne laiſſe point ſon ouvrage à refaire: nul n'oſera toucher à cette imitation immédiate de l'objet, ſon ſujet n'eſt qu'à lui: que de motifs pour perfectionner ſon tableau! la certitude d'aller à l'immortalité avec celui dont il conſerve les traits, la gloire de conſacrer la mémoire de ceux qui ſont chers à l'humanité, l'avantage qu'il trouve pour ſon Art même, d'avoir à peindre des hommes que l'activité de leur vie & l'énergie de leur caractere n'a gueres pu laiſſer ſans phyſionomie.

Page 9, vers 1.

Mais que dans le tableau la figure premiere
Frappe d'abord les yeux par ſa vive lumiere.

L'Albane avoit peint le ſite d'un tableau où le Guide devoit peindre une Ariane; mais quand le Guide eut vû la beauté du ſite, il ſentit la difficulté de le ſurpaſſer; & trouvant le tableau fini, tout nu qu'il étoit, il refuſa d'y ajouter la figure; c'eſt qu'il connoiſſoit l'art de ſubordonner, & qu'il prévoyoit qu'elle n'attireroit point les premieres attentions. Dans le payſage les figures doivent céder au ſite, dans un ſujet hiſtorique le ſite doit céder aux perſonnages.

Page 9, vers 12.

Ferrein * obſerve auprès, la mort tient le
flambeau.

* Ce célebre Anatomiſte, également connu par ſon profond ſavoir & ſon noble déſintéreſſement, eſt mort cette année : il a éclairé pluſieurs parties de l'Anatomie.

Page 10, vers 11.

Il (le corps humain) ſert aux Arts de baſe &
de modele à l'homme.

Si c'eſt à la néceſſité qu'on doit les premieres inventions, c'eſt à l'Anatomie qu'on doit le développement des idées dans la plupart des Arts méchaniques ; le corps humain étant la machine la plus admirable, celle où toutes les loix phyſiques s'accompliſſent avec une perfection que l'homme n'atteindra jamais.

Le plus célebre de nos Méchaniciens n'a inventé que d'après l'étude de l'Anatomie, & il regarde cette ſcience comme la ſource de tout ce qu'on peut tenter dans les méchaniques.

Page 13, vers 1.

Qu'on diſtingue le nu ſous ces formes dociles.

Les Grecs laiſſoient aiſément diſtinguer le nu, parce qu'ils peignoient leurs draperies mouillées, & qu'alors elles prenoient la forme des membres; mais cette maniere n'eſt point naturelle : les plis ſont faits pour tomber & non pour s'entortiller autour du corps; d'ailleurs les draperies doivent être jettées ſuivant l'action de la figure & le mouvement que l'air eſt ſuppoſé leur donner.

Les principales dimenſions de la figure doivent paroître à travers les draperies : ſi la poſition des membres ne permet pas de montrer leurs proportions, c'eſt au pli à les indiquer : cette adreſſe tient au deſſin, & celui qui deſſine mal ne fera jamais qu'une draperie embarraſſée.

Page 13, vers 12.

L'induftrieux Dédale, honneur de la Sculpture,
Des liens du maillot dégagea la figure.

Pline dit qu'avant Dédale les ftatues étoient emmaillotées, & que ce fut lui & fes fucceffeurs qui les développerent; quoiqu'il en foit, Dédale ayant été le premier qui fe foit fait un nom dans la Scuplture, on a cru pouvoir dans un Poëme faire remonter à lui l'époque du pas qui fut fait dans fon Art.

Page 15, vers 17.

Rubens de qui la main colore avec éclat
Porte fur le deffin l'épaiffeur du climat.

En rendant toute la juftice due au génie de Rubens, on s'eft permis cette improbation de la maniere dont il a deffiné fes figures de femme qui font effectivement prefque toutes hommaffes: plus un Artifte a d'autorité, plus on doit marquer fes défauts: jamais l'admiration aveugle n'a honoré perfonne; il n'eft que trop de ces efprits outrés dont l'enthoufiafme eft une fievre, qui louent, qui eftiment tout dans un homme célebre: l'homme de fens reſſemble au Chymiſte, il fait la ſéparation des ſubſtances, tire le métal & écarte la matiere terreſtre.

CHANT SECOND.

Page 30, vers 1.

La couleur ſous ſes doigts s'embellit & s'épure.

Il eſt aſſez extraordinaire que les Peintres de l'Italie où le climat eſt ſi beau ayent manqué de coloris, ſi l'on excepte l'Ecole Vénitienne, tandis que les Peintres Flamans nés ſous un ciel épais, ont en général mieux colorié. Il faut croire que les Artiſtes d'Italie accoutumés à peindre d'après les ſtatues antiques, ne ſe ſont appliqués qu'à rendre les belles proportions de la Sculpture ſans s'occuper de la couleur, ou qu'en étudiant des tableaux ternis par le tems, ils en ont copié le défaut qui n'étoit qu'accidentel; au lieu que les Peintres Flamans ont, pour ainſi dire, lutté contre leur propre ciel, & cherché par l'éclat de la couleur à ſurmonter le vice du climat. Peut-être auſſi doivent-ils le coloris de leurs tableaux, à l'avantage de voir perpétuellement de belles couleurs ſur le teint des Flamandes, & que cette nature animée leur a ſervi à embellir l'autre.

Page 41, vers 6.

Vole aux champs d'Auſonie, aux rochers Helvétiques,
Au bord de la Durance, aux climats Germaniques.

Si l'on propoſe au Peintre de voyager en Allemagne, ce n'eſt pas pour la beauté du ciel, c'eſt pour l'aſpect des terres métalliques, les montagnes ayant une couleur prononcée que n'ont point les monticules qui nous environnent, la plupart remplis de craie & de plâtre, & moins colorés même que nos plaines ſabloneuſes. La vue des terrains d'Allemagne eſt ſi puiſſante ſur les Artiſtes, qu'il n'y a point de mauvais Peintre Allemand dont les tableaux n'ayent du coloris.

La couleur frappe les hommes : montrés à un enfant ou à un villageois deux eſtampes dont l'une ſera enluminée, leurs yeux ſe portent ſur celle-ci & ils la préferent à l'autre.

CHANT TROISIEME.

Page 45, vers premier.

Du ſceau qui la diſtingue empreins la paſſion.

Léonard de Vinci faiſant un tableau des douze Apôtres que les Cordeliers lui avoient demandé, le garda long-tems ſans l'achever, ne ſachant quelle expreſſion donner à la tête de Judas, & ne croyant pas que pour le caractériſer il ſuffiſe de le peindre une bourſe à la main.

Page 48, vers 11.

Leve-toi, l'on croira que ton Roi te pardonne.

Ce beau trait a été depuis peu exécuté en Sculpture, & l'ouvrage étoit à Lunéville quand le Roi de Dannemarck y paſſant à ſon retour dans ſes Etats a été frappé du ſujet. La Ville lui a offert ce morceau de Sculpture qu'il a accepté & fait tranſporter à Copenhague.

Voilà de ces ſujets ſur qui les Arts doivent s'épuiſer pour en éterniſer l'enthouſiaſme : heureuſe la nation qui les fournit & les ames qui en ſont touchées ! Le ſentiment qu'ils inſpirent n'eſt point ſans effet, on ne peut gueres admirer ces traits de magnanimité, ſans qu'ils faſſent naître en nous une douce émulation pour la vertu.

Page 49, vers 14.

Et toujours vingt bourreaux pour un Héros
Chrétien.

La raiſon & la pudeur ſont également d'accord pour écarter ces tableaux de cruauté qu'on voit dans pluſieurs de nos Egliſes. Si la conſtance des Martyrs honore la Religion, ce fut un ſi grand crime de donner lieu à cet héroïſme qu'il y a toujours du ſcandale à préſenter dans leur hiſtoire ces excès honteux à l'humanité & qui la déchirent.

Saint Auguſtin a dit dans ſes lettres, qu'il vaudroit mieux qu'il n'y eût point de miſéricordieux & qu'il n'y eût point de miſere ; eh! quel eſt l'homme compatiſſant qui n'aimât pas mieux ôter l'indigence que de la ſoulager ? De même il vaudroit mieux qu'il n'y eût jamais eu de courages auſſi ſublimes, que d'avoir vu naître des ames auſſi féroces pour les exercer.

Que ne peut-on retrancher de la mémoire des ſiecles les tems de crime & de perſécution ! les Tyrans ſont comme ces êtres qui ſortent des proportions ordinaires, comme ces monſtres qui ſont cenſés ne point faire race, & dont on ne doit point perpétuer l'exiſtence après qu'ils ne ſont plus. C'eſt déja trop qu'ils vivent dans l'hiſtoire, & que voulant conſerver la mémoire des événemens, on ne puiſſe laiſſer entiérement reſpirer les générations de l'horreur qu'inſpirent les méchans à quelque diſtance qu'ils ſoient ; ils ne doivent point reparaître avec toute leur fureur ſur la toile, & n'y peuvent exciter que cette curioſité des ames dures pour le ſpectacle des ſupplices, & qu'il ſeroit trop odieux de ſatisfaire dans les Temples, ou bien cette invincible horreur qui fait le tourment des ames ſenſibles.

Enfin la repréſentation pittoreſque de ces événemens eſt ſûrement horrible, en ce qu'elle met les bons & les méchans en ſcene d'une maniere néceſſairement plus marquée pour le crime que pour la vertu ; reproche qu'on ne peut faire à la repréſentation théâtrale, où le Poëte plus maître des mœurs, peut repouſſer par la ſucceſſion des impreſſions celles dont il veut ôter le danger, montrer les tyrans dans plus d'un moment & amener toutes les ſuites de leurs forfaits ; mais il n'y a point de commentaire dans le tableau, il ne peint qu'un moment & c'eſt celui du crime, & comme la Peinture eſt faite pour parler aux yeux, je vois bien plus les fureurs des bourreaux & l'appareil des tortures, que je ne vois la patience & le courage des victimes.

En ſuppoſant que ces tableaux puſſent ſervir indirectement à endurcir les hommes à la douleur dans des occaſions moins terribles, ce ne ſeroit pas moins un objet d'horreur que la lâcheté préſentée à côté du courage ; peut-être quelques ames ferventes ne voyent dans le tableau d'un Martyr que ſa conſtance, & leur pureté ſaura chercher le bien à travers le ſcandale même ; mais il n'eſt point dans la diſpoſition ordinaire des eſprits de s'exciter au courage à la vue de l'oppreſſion : l'innocence à la merci des méchans ne donne que de l'indignation & de l'horreur. Montrez-moi le courage dans ces actions nobles & fermes, où le ſpectacle de la vertu n'eſt point troublé par celui des crimes?

S'il eſt contre la morale de chercher à amollir les ames par des images trop licencieuſes, de peindre le délire des ſens, leur abandonnement dans les plaiſirs; doit-il être plus permis d'étaler des paſſions exécrables, bien plus démenties par la nature? Eſt-il moins ſcandaleux de peindre l'acharnement de la tyrannie, que les extaſes de la volupté?

Les femmes ſur qui les impreſſions ſont plus vives doivent-elles être expoſées à rencontrer dans nos Egliſes ces images atroces qui donnent le ſpectacle de l'indécence avec celui de la barbarie, & bleſſent quelquefois l'imagination autant que l'humanité; ſi ces tableaux n'ont point pour elles la ſorte de danger qu'on leur attribue, s'ils ne ſont point la cauſe des accidens qu'on en raconte, comme nos plus habiles Phyſiciens le ſoutiennent avec raiſon; peut-on nier que beaucoup de femmes prévenues de cette opinion, ne puiſſent être véritablement troublées à la vue des objets défigurés qu'on leur préſente, & que l'inquiétude & l'agitation qu'elles en peuvent garder, ne ſoient un mal très-réel?

Les Peintres penſeront peut-être que pour l'intérêt de l'Art on ne doit point abandonner ce genre de tableaux, parce que c'eſt le genre de la force, & que c'eſt-là qu'on voit à découvert les différentes contractions des muſcles ; mais outre qu'il ſeroit contre le reſpect des Temples de vouloir fixer l'attention principale ſur l'Art & non ſur le ſujet repréſenté, les Peintres pour conſerver ces robuſtes Académies, n'ont-ils pas ces ſujets où la ſtature des perſonnages & les exercices vigoureux ſous leſquels on les repréſente, peuvent déployer le jeu des muſcles dans de fortes attitudes ? mais qu'on abandonne ces tableaux de ſupplice, ſur leſquels on regrette que le pinceau de le Brun & de Jouvenet ſe ſoient épuiſés ; ou qu'on nous montre les ſouffrances dans ces hazards malheureux où l'homme n'a point de part au ſupplice de ſon ſemblable, comme dans le Milon de Crotone ; s'il faut peindre des tortures, c'eſt aſſez de faire gémir la nature ſans affliger la vertu.

Ces réflexions paroîtront ſortir des bornes d'une note ; mais j'ai été entraîné par le ſujet, & j'avoue que je n'ai pas été maître de m'arrêter.

Page 60, vers 11.

L'Allégorie habite un palais diaphane.

Les Peintres ont trop abusé en général de l'allégorie : si elle n'est heureuse comme celle du tableau du Grand Condé dans la galerie de Chantilly, elle est presque toujours froide ou inintelligible ; & même lorsqu'elle est claire, elle nuit au sujet si elle ne le sert pas, elle fait perdre de la vérité aux tableaux où elle est mêlée & par conséquent de l'intérêt ; j'aimerois mieux que le sujet fût tout entier allégorique. Les personnages fantastiques détruisent les personnages réels.

Le principal mérite de la Peinture étant dans l'imitation, il sembleroit même qu'elle devroit être assujettie à ne présenter que les objets visibles ; toutes les fois qu'elle se jette dans les figures chimériques, plus d'imitation, plus de modele, plus d'objet de comparaison.

L'Allégorie n'est guere la figure de la Peinture qui ne présente qu'un moment, & doit faire saisir l'objet du premier coup d'œil ; si elle appartient à la Poësie, c'est parce que cet Art comporte la succesſion des images & qu'il explique lui-même ſes tableaux. Rubens a beaucoup employé l'allégorie dans la galerie du Luxembourg ; mais ſi vous exceptez l'apothéoſe de Henri IV, c'eſt bien moins dans toutes ces images ſymboliques qu'on doit l'admirer, que dans l'expreſſion qu'il a donnée aux véritables perſonnages, comme dans le tableau de la naiſſance du fils de Marie de Médicis : c'eſt un trait de génie que d'avoir ſu montrer ſur le viſage de la mere, la joïe à travers la douleur.

Page 62, vers premier.

De trois fils diviſés l'orgueil envenimé
Fait rendre la couronne à leur pere allarmé.

Ces trois Princes ſont Lothaire, Pepin & Louis, tous trois fils de Louis le Débonnaire.

Page 62, vers 7.

Marquer des mêmes feux l'éclair & le volcan.

Le volcan tirant ſa ſubſtance d'un ſouffre terreſtre & qui n'eſt point purgé des parties groſſieres, ſa flamme n'eſt point celle de l'éclair dont le feu ſubtil eſt l'effet d'une matiere inflammable plus épurée, qui ne cherche qu'à s'élever. En général, pour connoître la couleur qu'on doit donner à la flamme, il faut examiner quel eſt ſon aliment, elle varie autant que la nature des corps qu'elle conſume.

Page 64, vers 5.

Michel-Ange auroit pû !... le crime & le génie.

On a ſouvent répété que pour donner plus de vérité à un Crucifix, Michel-Ange poignarda un modele mis en croix, comme ſi un malheureux mourant dans les convulſions de la rage, pouvoit repréſenter un Dieu réſigné qui ſe ſoumet à la mort ? Comment ce délire fût-il tombé dans la tête de Michel-Ange, de ce même Artiſte qui taillant un jour un buſte de Brutus, s'arrêta tout-à-coup & abandonna l'ouvrage, en ſongeant que ce Romain avoit été l'aſſaſſin de Céſar.

Jamais le moment de l'enthouſiaſme ne peut être celui du crime, & même je ne puis croire que le crime & le génie ſoient compatibles : qu'on n'objecte point qu'il y a eu des ſcélérats qui avoient de grandes qualités, peut-être les passions violentes qui les agitoient ont donné à leur esprit un ressort qu'il n'auroit pas eu sans elles, & ne voit-on pas que les passions ont du génie même dans les hommes ordinaires; mais cette énergie momentanée suppose un intérêt particulier & par conséquent susceptible d'injustice, au lieu que le génie proprement dit sans l'intérêt présent d'aucune passion personnelle, s'échauffe de lui-même, appelle à lui la nature, lui donne & en tire une vie nouvelle.

Le crime est la dureté & la personnalité d'un être qui s'isole, le génie naît de la sensibilité d'un être qui se communique; l'un suppose un être heureux par l'enthousiasme du beau, par le sentiment d'admiration qu'il inspire; l'autre est d'un être troublé & déja malheureux, agité par son objet & n'en pouvant jouir même après le succès.

Ces différences originelles laissent entre le crime & le génie une évidente incompatibilité, aussi impossible à détruire que ces antipathies des corps que la Chymie ne peut rapprocher; tel le mercure ce principe si actif, capable de pénétrer les corps les plus solides, ne s'alliera jamais avec le fer.

Page

Page 64, vers 12.

Jule pour les grands traits sut tailler ses crayons.

Jule Romain est vraiment le Poëte de la Peinture. Voici comme l'Abbé de Marsy, dans son Poëme, parle du combat des Géans par ce Peintre.

Cujus ut ad vivum species, expressa ruinæ
Jucundi attonitas erroris imagine mentes
Afficeret magis, atq; artem natura juvaret
Speluncam è rudibus sine lege, sine ordine saxis
Struxit, &c.

Pour rendre avec plus de vérité cette déroute des Géans, & pour faire servir la nature à l'art il a bâti une caverne, &c.

A en juger par ces vers, il sembleroit que Jule Romain se seroit réellement associé à la nature pour jetter plus d'illusion dans cette image; cependant il n'a rien fait dans le pourtour des murs où ce combat est peint, que ménager un enfoncement qui sert de cheminée.

Il seroit heureux de pouvoir s'associer à la nature pour donner plus de prestige à l'imitation, mais il eſt bien rare qu'on réuſſiſſe à côté d'elle, l'objet de comparaiſon eſt alors trop près ; les Arts même qu'on a voulu réunir pour imiter la nature, n'ont fait ordinairement que s'entrenuire & s'éloigner d'elle : les bas reliefs de Sculpture unis à la Peinture dans un même corps d'ouvrage y laiſſent moins d'illuſion ; au moins faut-il tirer de l'Art qu'on met en œuvre toutes les reſſources qu'il peut fournir, & ſavoir ſe concerter quelquefois avec le local lorſqu'on ne peut le changer. C'eſt ce qu'a exécuté un habile Architecte dans la ville de Lyon. On demandoit qu'il conſtruiſît une chapelle de Saint Pierre ; mais le lieu étoit obſcur, & ne pouvoit recevoir le jour que de côté. L'Artiſte y bâtit la priſon de l'Apôtre, & tourna ainſi à l'avantage du ſujet l'inconvénient du local. Comme la Sculpture & ſurtout la Peinture choiſiſſent leur champ, elles ſont plus indépendantes de ces obſtacles ; cependant il eſt poſſible que dans des décorations d'édifice, elles rencontrent des difficultés qui retarderoient leur eſſor, ſi elles ne s'accoutument pas à les ſurmonter & à maîtriſer le terrein. Cette facilité de travail, cet art de tirer parti du local peut être d'un grand usage & donner du prix aux plus petites choses.

Un Prince Romain ayant découvert dans un de ses jardins une source qui ne fournissoit qu'une très-modique quantité d'eau, & désirant de faire servir cette découverte à l'embellissement de sa maison, s'adressa au Cavalier Bernini : celui-ci ayant examiné la source & la hauteur à laquelle elle pouvoit s'élever, imagina une statue représentant une nymphe qui, au sortir du bain, presse sa chevelure & en exprime la petite quantité d'eau que donnoit la source.

Page 67, vers 19.

Et le Dominiquain méditant son essor.

C'est un usage établi à Rome, de faire mettre en mosaïque dans l'Eglise de Saint Pierre, tous les tableaux estimés. Le Dominiquain ayant peint la Communion de Saint Jérôme, désira cette distinction, & fit exposer son tableau dans cette Eglise, pour être jugé par le public; mais soit ignorance, soit jalousie, son ouvrage fut méconnu & relégué comme par mépris dans un lieu où il seroit peut-être encore ignoré sans la franchise du

Pouffin. Ce Peintre apprend où eft le tableau & demande à le copier : comme il travailloit, le Dominiquain entre pour obferver l'impreffion de fon ouvrage fur un Artifte habile, fe tient derriere lui, lie converfation & développe fur l'Art la théorie la plus lumineufe ; le Pouffin étonné fe retourne, le voit les yeux mouillés de larmes ; le Dominiquain fe nomme, le Pouffin jette les pinceaux, fe leve & lui baife la main avec tranfport ; il ne fe borne pas à cet hommage, il employe tout fon crédit pour réhabiliter le tableau, qui a été copié en mofaïque dans l'Eglife de Saint Pierre.

Ne point nuire aux talens, ne point groffir le nombre des envieux, c'eft affez pour un Artifte ordinaire ; mais des efprits d'une autre trempe doivent fe mettre à la tête des jugemens, vaincre l'injuftice & faire révolution dans ceux qu'elle a trompés. Un Artifte célebre qui n'auroit point réclamé contre le mépris qu'on auroit fait d'un vrai talent, feroit indigne de celui qu'il a reçu lui-même.

Page 71, vers 6.

L'image d'un ſoldat eſt plus puiſſante encor.

Effectivement il y eut un Peintre qui par la repréſentation d'un ſoldat échauffa les Athéniens & les fit marcher au combat avec une impétuoſité de courage qui leur valut la victoire ; mais comme il ſentoit la difficulté de remuer un peuple raſſaſié de chef-d'œuvres en tout genre, il voulut s'aider encore de tout ce qui pouvoit contribuer à un grand effet : il demanda que ſon tableau fût jugé au milieu de la place publique, le laiſſa ſous un voile, & fit entendre une muſique guerriere qui, par ſon impreſſion, prépara les eſprits à en recevoir une autre : quand ils lui parurent ſuffiſamment diſpoſés, il découvrit ſon tableau. Les Athéniens tranſportés crurent voir dans ce ſoldat un nouveau Tyrtée.

Page 71, vers 17.

A l'aſpect des talens couronnés avant toi
Redouble de courage, agis, cherche, conçoi.

Raphaël ayant vu un tableau de la Divinité,

peint par Michel-Ange, sortit comme d'un profond sommeil, & conçut son tableau d'Isaïe.

Page 72, vers 3.

Par les traits immortels qui les caractérisent
Vois briller ces esprits que les cieux favorisent.

Les moindres traits de la vie privée des grands Artistes décelent encore l'ardeur de leur imagination. Donatello, fameux Sculpteur, donnant à une statue le dernier coup de maillet, lui cria, parle.

Fin des Notes.

De l'Imprimerie de QUILLAU, rue du Fouarre.

www.ingramcontent.com/pod-product-compliance
Ingram Content Group UK Ltd.
Pitfield, Milton Keynes, MK11 3LW, UK
UKHW021546260726
13993UKWH00002B/668

9 782329 2631